KB126415

타이피스트 시인선 001

세계문학전집

권혁웅

타이피스트

시인의 말

그가 그만둘 때, 그는 이미 되었으니 다시 되지 않을 것이라서
괜찮다고 생각했다.
그녀가 되었을 때, 다시는 그녀가 될까 봐 걱정하지 않아도 되니
역시 괜찮다고 생각했다.
그러나 3인칭은 무한했다.
이제는 또 다른 그와 그녀가, 그것들이 바글바글하다.
괜찮지 않다.

이렇게라도 숨을 쉬고 싶었다.

2024년 1월
권혁웅

차례

1부

2부

3부

1부

윙크

눈꺼풀은 몸이 우리에게 선물한 이불이죠
그것도 두 장이나

그가 이불 한 장을 뺏어 갔어요
오늘 밤
나는 편히 자기는 틀렸어요

동물의 왕국
— 동물계 소파과 의자속 남자 사람

소가 트림의 왕이자 이산화탄소 발생기라면

이 동물은 방귀의 왕이자 암모니아 발생기입니다

넓은 거실에 서식하면서 소파로 위장하고 있죠

중추신경은 리모컨을 거쳐 TV에 가늘게 이어져 있습니다

배꼽에 땅콩을 모아 두고 하나씩 까먹는 습성이 있는데

이렇게 위장하고 있다가 늦은 밤이 되면

진짜 먹잇감을 찾아 나섭니다

치맥이라고, 조류의 일종입니다

이 동물의 눈은 카멜레온처럼 서로 다른 곳을 볼 수 있죠

지금 프로야구와 프리미어리그를 번갈아 보며

유생 때 활발했던 손동작, 발동작을 회상하는 중입니다

본래 네발 동물이었으나 지금은 퇴화했거든요

이 때문에 새끼를 돌보는 건 흔히 어미의 몫이죠

그래도 한 달에 한 번은 큰소리를 내기도 합니다

급격한 호르몬 변화 때문인데요

이를 월급이라고 합니다

이 동물은 성체가 되자마자 수컷끼리 모여서 각축을 벌이
는데

　이런 집단이 군대입니다 시간이 지나고 나면

거기를 끔찍이 싫어하면서도

거기서 축구 한 얘기는 자꾸 떠벌리는 습성이 있습니다

여자가 어딜 감히, 이런 소리도 어쩌다 내지만

대개는 빠지고 없는 털을 곤두세우는 것과 비슷한

과시행동입니다 실은 그래서

남은 솜털마저 죄다 뽑혔습니다만

가끔 퇴화한 앞발을 들어 사타구니를 긁거나

화장실 변기 주변에 오줌을 묻혀 영역을 표시합니다

아 방금 까무룩 눈이 감기기 시작했군요

짧은 주기의 동면이 시작된 모양입니다

곧 변태를 한 후에 먹이를 구하러 나서야 하거든요

저 증세를 월요병이라고 합니다

잠시만 더 그 잠을 지켜보기로 하지요

전설의 고향

송림원에서 구미호와 오향장육 먹는다

빙글빙글 도는 회전 식탁 앞에서
오래돼서 삐걱대는 윤회전생 앞에서

회향, 계피, 산초, 정향, 진피
인생의 아니 호생(狐生)의 독한 맛을 다 안다는 표정으로
우리는 고량주를 홀짝이고

내가 이렇게 된 건 행운의 편지 때문이야
아흔아홉 명에게 편지를 보내야 했는데
편지지가 한 장 부족했어

창밖에는 죽은 자의 골분(骨粉)이 흩날리고 있었다
구미호는 춥다고
아홉 개의 꼬리를 방석 대신 깔고 앉아서

나나 너나 뭐가 달라,
너도 생간 좋아하잖아?

구미호의 눈은
접시 바닥에 깔린 오이처럼 금세 축축해지고

이 집에선 해삼주스도 파네?
무서워서 못 먹겠다

나는 플레이팅한 오향장육이 이계의 문 같다고 생각하며
그의 혀가 꼬부라져 원산지를 닮아 가는 동안

이 접시에서 튀어나올 신물들을 생각한다

계단식 논이 흉내 내는 주름을
마파두부처럼 닳아 버린 연골을
세숫대야보다 반질대는 정수리를
난자완스처럼 튀겨진 조그만 삶을

변신도 변심도 너무 늦었다는 걸 깨닫고
그는 힉스 입자처럼 놀라서 점점 무거워진다

구미호는 지금 아홉수에 걸린 것이다

재작년에 세례를 받아서

이미 거듭날 찬스는 써버린 것이다

배달의 민족

우리가 어떤 민족입니까?

1675년 북애자(北崖子)는 『규원사화(揆園史話)』를 썼다 우리 상고시대를 다룬 역사책으로 창세시대부터 치우와 신농의 탁록대전을 거쳐 1대 단군 임금에서 47대 고열가(古列加) 임금에 이르는 단군조선 1205년의 역사를 기록하고 있다 단군(檀君)의 '단'은 붉달 혹은 배달의 음차다 '밝은 땅'이란 뜻이다 이 책은 1925년 간행된 『단전요의(檀典要義)』에 인용되어 알려졌으며 1929년의 『대동사강(大東史綱)』에도 소개되었다 북애자는 고려 말 사람 이명(李茗)이 쓴 『진역유기(震域遺記)』를 산속 바위굴에서 찾아 읽고 『규원사화』를 썼으며, 『진역유기』는 발해의 역사서인 『조대기(朝代記)』를 참조하여 쓴 것으로 알려져 있다…… 그리고

이 모든 것이

위서(僞書) 판정을 받았다

우리가 어떤 민족입니까?

유승룡은 말한다

(요즘은 서애(西厓) 유성룡보다 유명하지)

사시사철!

천지사방!

불철주야!

라이더 지나간 곳마다 돼지 뼈 닭 뼈 무덤이 무더기로 생겨난다 그런가 보다 한다 무덤덤하다

우리가 어떤 민족입니까?

"외국의 인명이나 물건 이름은 모두 가(歌) 운자로 끝맺고 있다. 예를 들어 불경의 싯다르타, 라후라, 아수라, 구반다 같은 어휘가 그렇다. 이적(夷狄)의 나라 이름에서 달단(韃靼, 타타르), 말갈(靺鞨), 직랍(直臘, 지나) 같은 것도 종성을 쓰지 않는다. 우리나라에서 이름을 부를 때에도 반드시 '아'나 '하'로 끝을 맺는다. (중략) 오직 중국만이 어세(語勢)와 자체(字體)가 일가를 이루고 있어 이들과 매우 다르다. 그러나 불법은 사바세계에 행해졌거늘, 주공과 공자의 책은 동쪽으로는 삼한(三韓)을 넘지 못했고 남쪽으로는 교지(交趾, 베트남)를 넘지 못했다."(김만중, 『서포만필』) 요는 나랏말쓈이 중국과 다르다는 거다 너네만 다르다는 거다 이의 있으면 아아, 해봐 아하! 해봐

우리가 어떤 민족입니까?

최영의는 최배달(崔倍達)이란 별명으로 더 알려졌다 공수도 유파인 강유류를 배운 후에 입산수도, 전국 무술대회 우

18

승, 하산 후 도장 깨기, 당수로 황소 때려잡기……등의 잘 다
져진 서사를 따른 끝에 국제공수도연맹 극진회(極眞會)를 창
립했다 바람의 파이터답게 잘나갔다 한때 120여 나라에서
500만에 이르는 수련생을 거느렸다

　500만이라,

　가히 하나의 민족이라 할 만했다

　후천개벽을 알리기 위해

　쿠팡과 마켓컬리가 앞다퉈 우리 집으로 온다

최후의 심판

어떤 사람을 아는 사람은 희망 없이 그를 사랑하는 사람
뿐이다°

심판의 날에 그를 불러오려면

그를 짝사랑하는 이를 먼저 데려와야 한다

아일 비 백. <터미네이터 2:심판의 날>에서 기계인간은 말
했다

성탄절마다 <나 홀로 집에>를 재방으로 보고

(누구와 봤냐고 묻는 사람은 없겠지)

세기말에는 터미네이터 시리즈를 봤지

아놀드 슈왈제네거는 약속대로 계속 돌아왔네, 깨끗은 채

오늘은 모르는 사람이 생일을 축하한다며

카카오톡으로 아메리카노를 보내왔다

신한생명 담당 CF였다

그가 나의 이생과 후생을 책임질 거라 생각하니

걱정이 앞선다, 나보다 나이가 더 들어 보이던데

몇 년 전에는 광주 롯데백화점 문화센터에서

특강 요청이 와서 KTX 타고 갔는데 세상에,

참석자가 아무도 없었다

심판의 날이 이미 도래한 거 같았다

문화센터 직원과 나는 미안과 무안을 주고받았다

아니, 이 동네에선 아무도 부활하지 못한 건가

아니, 그대가 아직 무덤 속에 있는 거예요

프로이트는 최후의 심판을 그린 화가 이름 시뇨렐리를

끝내 기억하지 못했다°

그거, 미켈란젤로 그림 아니었어요?

사실은 최후의 심판이 여럿이거든요

말세를 뒤집어 보겠다고 날이면 날마다 어르신은

해병대 군복 입고 태극기를 들었더랬죠

벌써 다 옛날 얘기예요

코로나에 뒤이어 진짜 말세가 왔거든요, 식탐과

휘발된 영수증과 굽은 고속도로와 함께 말입니다

그 어르신이 꿈꾸던

순 진짜 참기름 같은 거예요

이 음악 기억나죠?

두둥 둥 두둥. 두둥 둥 두둥.

° 발터 벤야민, 「일방통행로」에서.

판다는 알고 황후는 모르는 일

에버랜드에 있는 판다월드에 갔다 마침 판다가 깨어 대나무를 먹고 있었다 대나무밖에 먹지 못하는 대나무 바보, 하루에 15킬로그램을 해치우는 먹보, 하지만 음식에 영양분이 별로 없어 하루 스무 시간을 자야 하는 잠보, 그 판다가 엄지로 대나무 잎을 훑어 입으로 가져가고 있었다

곰의 발가락은 모두 앞을 향해 있다 판다는 곰의 일종이지만 엄지가 있다 대나무 잎을 먹어야 한다는 간절함이 손목뼈에서 새로이 엄지를 돋게 했다 널 잡을 거야, 나에겐 너밖에 없다고!

다섯 살 아이는 좋아하는 이에게 무조건 선물 공세다 할머니, 내가 선물 줄게. 말만 해. 뭐 갖고 싶어? 하필이면 할머니가 판다를 지목했다 판다월드에서 사 온 기념품이었다 아이는 당황해서 우물쭈물하더니, 마침내 대답했다

얌얌이는 내가 사랑하는 아기라서 안 돼.

거란국 초대 황제인 태조 야율아보기가 죽자 황후인 술률

평은 맏아들 야율배 대신 둘째 아들 야율덕광을 제위에 올리기 위해 음모를 꾸몄다 황후가 개국공신들을 모아 놓고 물었다

"돌아가신 황제가 그리운가?" "은혜를 입었으니 어찌 그렇지 않겠습니까?" "그렇다면 그를 보러 가라." 수백 명이 어어, 하다가 할 말을 놓쳐 순장되었다. 한 관리가 따졌다. "가까운 관계로는 황후만 한 분이 없는데 왜 따라가지 않으십니까?" 황후는 당황해서 우물쭈물하더니, 마침내 대답했다

아직 자식이 어려서 어미가 필요하다. 대신 이렇게 하마.

황후는 그 자리에서 칼을 들어 자기 오른손을 잘라 황제의 관에 넣었다 아, 손은 잡으라고 있는 것인데, 그걸 하루 15킬로그램을 먹는 판다도 알고, 아직 15킬로그램밖에 안 나가는 아이도 아는데 황후에게 자기 손은 도마뱀의 꼬리 같은 것이었던 것이었으니

남미 기행

생후 두 달 된 딸아이의 볼에 손바닥을 대보다가
판게아를 떠올린다
판게아는 3억 년 전 모든 대륙이 하나였을 때
그 대가족을 부르는 이름,
긴 세월 이합집산을 반복하다가 지금의 일곱 식구가 되
었다지
남미의 동쪽 해안선과
아프리카의 서쪽 해안선이 일치하는 것도 이 때문이라지
인류의 기원은 아프리카라고 하니
이 손바닥은 아비의 것이 맞겠다
움푹 들어간 장심(掌心)을 아비의 마음이라 불러도 좋
겠다
손은 오랜 세월을 기다려
대서양을 건너
딸의 통통한 볼에 가닿으려 했구나
아비가 품은 사막은 넓고
아비는 점점 말라 갈 테지만
너는 그 황사를 받아서 무럭무럭 크겠지°
저 볼이 숨기고 있는 아마존,

그 광대한 물길의 초입에는
아프리카의 해안선을 밀어내고 틈틈이
엄마가 접안을 시도한다
아이는 그렇게 페루처럼 높아지거나
칠레처럼 키가 자랄 것이다

○ 사하라 사막에서 날아온 모래 먼지에는 식물의 성장에 꼭 필요한 인(P)
이 다량 함유되어 있다. 아마존강 유역의 폭발적 성장은 이 때문으로 알
려져 있다.

월하의 공동묘지

등이 가려울 때면 누군가 내 안에서, 나를 등지고
나가겠다고 긁어 대는 것 같다

베란다에 두고 키우던 강아지가 나를 볼 때마다
뒷발로 서서 유리문을 두드렸듯이

고골을 묻은 지 15년 만에 개묘했더니
관 뚜껑 안쪽에 손톱자국이 있었다고 한다

부활하면 뭐 해? 다시 관 속인데,

불사가 되겠다고 진시황은 수은을 원샷하고 그 결과
급사했다

자기가 무슨 실버 서퍼도 아니고
옛날식 온도계도 아니고

칠성판에 눕는다는 건 어떤 느낌입니까?

두툼하게 썬 광어회를 손으로 집을 때
그런 느낌입니까?

아니면 운동화 신고 빗길 걸을 때
발가락으로 스며드는 빗물…… 같은 겁니까?

죽은 이들을 위한 영구임대주택,
내가 태어난 해에 만들어진 영화 <월하(月下)의 공동묘지>

독립운동가의 딸 명순은 독립운동으로 투옥된 오빠 춘식과 애인 한수의 옥바라지를 위해 기생이 되고, 춘식은 동생을 위해 죄를 뒤집어써서 한수를 풀어 준다 감옥에서 나온 한수는 명순을 아내로 맞고 만주를 오가며 사업을 해서 부자가 되었으나 집안의 하녀 난주의 유혹에 놀아나 조강지처를 버린다 난주는 의사를 시켜 명순의 음식에 독을 타고, 원통하게 자살한 명순은 귀신이 되어 한수의 집을 찾아오는데……

근데 독립운동은 저 귀신과 무슨 상관이지?

자살할 건데 독은 왜 탔지?

문이 열렸다고

한기 새 나간다고

아까부터 LG 디오스 냉장고가 삑삑거리며 야단이다

쪼개지고 그 반이 다시 반의 반으로, 다시 반의 반의 반으로

이어지는 이야기는
찹쌀떡을 옆에 두고 들으시라

337년 석호는 태자 석수(石邃)가 모반하자 그 일가를 처형했다 348년 뒤를 이은 태자 석선(石宣)이 다른 아들 석도(石韜)를 죽였다 이에 분노한 석호가 석선의 일가를 몰살했다 한 번 쉬고

349년 석호가 몸져눕자 태자 석세(石世) 일파가 다른 형제들을 숙청하였다 석호가 죽고 석세가 제위에 오르자마자 형 석준(石遵)이 그를 죽였다 석준은 석호의 양아들 석민(石閔)이 처단했다 350년 석민은 석준의 뒤를 이은 허수아비 황제 석감(石鑒)과 마지막 황제 석지(石祇)를 죽였다 두 번 쉬고

석민은 본래 한족이었다 정권을 잡은 후에 이름을 염민(冉閔)으로 고치고 염위(冉魏)를 건국하였다 이 과정에서 갈

족을 비롯한 여러 호족들을 겨냥하여 살호령(殺胡令)을 내
렸다 수십 만 호족이 목숨을 잃었다 세 번 쉬고

    뎅강 뎅강 뎅강 뎅강 뎅강 뎅강 뎅강 뎅강 뎅강 뎅강
    이렇게 많이 쓸 거라곤 생각하지 못했는데
    복리이자처럼
    로또 복권 찢는 소리처럼

    뎅강 뎅강 뎅강 뎅강 뎅강 뎅강 뎅강 뎅강 뎅강 뎅강
    그보다 더한 얘기가 많은데 차마 옮길 수가 없다
    찹쌀떡이 목에 걸릴까 봐
    슬하에 부서진 거울들이 가득했다 파경(破鏡)이었다

    내가 나중이니까 후(後) 조나라 할게
    하는 짓 보니 이미 고인이었다

파에 관한 명상

1

"물은 끓기 전에 가볍게 떨린다고 하는데,

바로 그것이 유혹이라 불리는 것입니다" (데리다)

그렇다면 줄을 지어 자라는 파들은

환희라고 불러야겠지요

Ode to joy
Beethoven Symphony No.9 4 mov. Melody

(베토벤, 환희의 송가)

2

환희, 한 갑에 100원 하던 담배 이름

할머니는 생전에 환희만 피웠지

할머니가 평생을 함께하던 음표들
할머니 주변에 모여 있던 구름들

모두 흩어지고 대신에 파들만 저렇게 삐죽 솟았네

3

나는 한평생 파를 피해 다니며 살았다
물컹하고 축축한 식감을 견딜 수 없었다
육개장은 무서웠고 설렁탕은 번거로웠다

"이 세계에 맞지 않는 것만이 참일 것이다" (아도르노)

파들의 나라에서 나는 추방당했다
나는 미래파도 과거파도 될 수 없을 것이다

4

파는 몸을 동그랗게 말지 못하지만 내성적이다
파전은 망설이다 망설이다
그예 놓아 버린 파의 체념에 해당한다

스피노자는

파의 영혼이 뿌리에 있다고 믿었으리라

코나투스는 본래 하얗다고

파의 푸르름은 그것의 양태일 뿐이라고

5

수각류 공룡의 후손이 새들이라면

목 긴 공룡의 후생이 파라고 해도 좋겠습니다

몸통을 대지에 넘기고

저렇게 푸르른 목으로 남은 것이죠

번호표를 뽑아 들고 앉아 있는 월말의 은행 창구처럼

희망은 권태롭고

슬픔은 향기롭습니다

그럼 딩동 소리가 나를 부를 때까지

이만 총총(蔥蔥)

가훈은 가화만사성

1

가화만사성
열두 살 때 뜻도 모르고 적어 간 숙제, 뜻을
알았으면 더 비참했겠지
발해쯤에 있는 성(城)이거나 하다못해
중국집 이름이었으면 더 좋았겠지

다 이루었다고 했으니
예수는 아버지와 사이가 좋았을까?
근데 왜 날 버리냐고 따졌을까?
엄마 없는 하늘 아래
아버지만 내리쬐는 그 하늘 아래

2

엘로카드를 배운 후에 아이는 더 엄격해졌다
노란 색종이 다음에는 빨간 색종이야!
밟아, 얼른 금을 밟으라고!
우리 집은 핵가족인데
벌써 핵분열을 하는 건가

3

가화만사성이라, 그 '화'는 순두부처럼 부드러우면 될까

급하게 삼키면 입 안이 다 헐 텐데

묵처럼 시원하면 될까 그렇게 젓가락질하면

조만간 떨어져 옷에 다 묻을 텐데

인간과 침팬지는 유전자의 4%가 다르지만 인간과 침팬지의 X염색체는 다른 염색체보다 3.2%만이 다르다 왜 그럴까? 정답은 아주 먼 조상 시절, 침팬지 암컷과 인간 수컷이 교배를 했기 때문이다°……그 반대가 아니라

어이구, 이 화상들아

우리가 한 가족이란 걸 이렇게 증명하다니

4

이거 하나면 다 됩니다 코웨이 공기청정기 이오케어

3분 이상 실내에서 고(高) 오염이 지속되면

상하좌우 자유롭게 회전하는 액티브 스윙 모드로

집 안의 공기를 빨아들이죠

그런데 월 렌탈료가 35,900원이나 하고

등록비 10만원은 별도고

5

아버지가 저녁마다
사실 너는 다리 밑에서 주웠어 할 때마다
그게 사실이길 바랐다 간절히
출생의 비밀까지는 몰라도 좋았지만 간절히
다리 밑에서도 시간은 흘러

6

엄마 아빠, 팽창우주만큼 사랑해!
아이가 우주 최대의 비유를 들어 사랑을 고백한다
방금 전까지 레드카드를 외치던 그 입으로

알고 하는 말이니? 그거,
우리가 점점 멀어지고 있다는 뜻이야
다시는 만날 수 없다는 뜻이야

○ "X염색체가 다른 염색체들보다 더 유사성이 있다는 것을 어떻게 설명하겠는가? 가장 간단한 설명은 교배에서의 전체적인 비대칭일 것이다. 만약 침팬지로부터 같은 수의 수컷과 암컷의 유전체를 인류와 결합시킨다면, X염색체는 다른 염색체들과 같은 수만큼의 결합 부위를 가질 것이다. 그러나 만약 암컷들만이 초기 인류 계통에 들어갈 수 있도록 허용되었다면, 문제는 달라진다. 인간의 유전자 사회에 영향을 주는 교배는 모두 침팬지 암컷과 인간 남성 사이에서 이루어진 것이다. 그 교배에서 나온 딸들은 정확히 인간 반 침팬지 반으로 이루어진 유전체를 가졌을 것이다. 모든 아들들은 아버지로부터 온 인간의 Y염색체와 어머니로부터 온 침팬지의 X염색체를 가질 것이다. 인간의 Y염색체는 무엇이든 간에 침팬지 암컷의 흔적을 갖고 있지 않지만, 이 결합에서 낳은 자식들의 X염색체의 2/3는 침팬지인 어머니로부터 온 것이기 때문에 많은 세대가 지나도 인간의 X염색체는 다른 염색체들보다 더 강하게 이 결합의 흔적을 보이는 것이다. 이 스캔들은 오래전에 일어났다."(이타이 야나이·마틴 럴처, 『유전자 사회』, 197쪽)

$E=mc^2$

초등학교 동창회에서 40년 만에 만난 동창이 물었다 "너도 나한테 맞았니?" "아니, 우린 같은 반도 아니었고 등하교 길도 달랐어." 짱에게는 원죄가 있으며 원장면도 있다 내가 아니라고 손사래를 쳐도 그는 나를 때리던 아득한 추억을 더듬고 있었다

모세가 산 정상에 오르자 어호와께서 가나안의 모든 땅을 그에게 보여 주고 말씀하셨다 "이 땅을 약속한 대로 이스라엘 백성에게 주겠다. 하지만 너는 거기에 들어가지 못할 것이다." 모세는 갈 수 없는 곳에 가장 가까이 다가가서 죽었다 용용 죽겠다가, 정말로 죽었다

오크 통 속 와인이 숙성되는 동안 줄어든 적은 양을 '천사의 몫'(angel's share)이라 부른다 더 깊어지기 위해서는 상실을 견뎌야 한다고 가르치는 글을 읽었다 그 천사는 그냥 뺑을 뜯은 것뿐인데 40년 전 나의 사랑하는 동창처럼

다섯 살은 예의 바른 나이다 아이는 누구에게나 인사한다 안녕, 엄마. 안녕, 판다. 안녕, 맘마. 안녕, 응가. 방금 빅뱅을

끝낸 우주가 마이너스 공간으로 빨려 들어갔다 우주의 나이
는 137억 년이라고 한다 현생 우주, 향년 137억 5세로 화장
실에서 별세(別世)하다 지가 세상이면서

　빛은 질량이 0이며 나이를 먹지 않는다 그런데도 지상에
막 도착한 아기는 주먹을 꼭 쥐고 있다, 뭔가 분한 일이 있
었다는 듯이

내 몸이 집이라면
이사한 다음에 나는 어디로 간 것일까

그 집에는 지하실이 아니라고 해도 비밀이 있다

불을 끄면 꼽등이처럼 둥근 기억이 튀어 다닌다

환과고독(鰥寡孤獨)이 나 대신

벌받는 자세로 모여 있다, 다시 보면

펄럭이던 시절의 빨래들이다

고기 구울 적(炙),

머리 감을 목(沐),

두 글자로 나흘을 버텼다

주말을 기다려 종량제 봉투에 그것들을 담았다

그 집에는 다락방이 아니라고 해도 연옥이 있다

방문들이 변성기로구나, 내게로 열릴 때마다

죄다 비명을 지른다

사전에는 '희망' 다음에 '희미'가 있었고

그건 사전의 거의 끝이었다

읽던 책을 소리 나게 덮거나

발을 끌며 걷는 것은 그 집의 관절염 같은 것이었다

콜드크림을 바를 때마다

얼굴에서 미안, 미안, 소리가 나던 엄마와

문주란을 듣던 이모는 어디로 갔을까

우리는 우리 자신이 집어넣은 질서와 규칙만을 알 뿐입
니다

칸트가 말했다

칸트의 것은 칸트에게

꼽등이의 것은 꼽등이에게

그 집이 나를 낳았으므로 이제는 내가 가출할 차례였는데

그러나 내 몸이 집이라면

나는 그 집을 버리고 어디로 이사한 것일까

틱타알릭의 하루

1

동물의 척추는 등 쪽에 있는 얇은 척수로 이루어진 줄인 척삭(脊索)에서 진화된 것이다 척삭은 자유롭게 유영하는 멍게의 유생에서 처음 발견된다 올챙이처럼 생긴 멍게 유생은 자라면서 꼬리를 떼어 버리고 바위에 붙어서 우리가 아는 성체가 된다

그러니까 올챙이는 자라면서
뇌를 버리고 조용히 초고추장을 기다리거나
부지런히 허리를 키워
인간이 된 것이다 헛둘헛둘,

2

가벼운 뇌졸중을 겪은 할머니는 침대에서 깨어나서는, 여기가 어딘가? 무슨 일이 있었나? 물으셨다 사정을 듣고 그랬구나, 하고 누워 있다가 잠시 후에 같은 질문을 또 했다 여기가 어딘가? 무슨 일이 있었나?

틱타알릭은 물 밖으로 고개를 들어 주변을 둘러본다

틱타알릭은 어깨뼈와 목뼈가 따로 있어서

최초로 목운동을 한 동물이다 헛둘헛둘,

3

발굴된 화석들은 대부분 목이 뒤로 젖혀져 있다 사후경직으로 목 근육이 연축되어 나타나는 이 현상을—활처럼 흰다 하여—각궁반장(角弓反張, opisthotonus)이라 부른다

화석들은 대부분 소금 기둥이다

화석들은 회상에 잠겨 있다

4

하이데거의 『존재와 시간』은 미완성이다 나는 그것이 죽음에 대한 분석 때문이라고 생각한다 현존재는 '죽음에로 앞질러 달려가 봄'을 통해서 자신의 고유한 존재와 사멸에 관해서 깨닫는다, 고 한다

꼭 그래야 하니?

어차피 갈 건데, 그것도 전속력으로 헛둘헛둘,

5

　대학 때 한 친구는 영재 판정을 받자 바로 학교를 그만두고 검정고시를 준비했다 열여섯에 대입 검정고시에 합격했으나 대학에 오기 위해서 삼수를 했다 친구는 나랑 동갑이다 그는 러닝머신 위에서 열심히 달린 셈이다

　그것도 혼자서 헛둘헛둘,

6

　틱타알릭은 고개를 숙이고 집으로 돌아간다
　다이소 들른다는 걸 깜빡했다

° 틱타알릭(Tiktaalik)：3억 7,500만 년 전에 살았던 어류와 육상동물의 중간
  단계에 있던 생물.

2부

악착(齷齪齷齪)

몰강이라, 파고가 제법 높은 강이라고 들었다 오래된 고성 하나쯤 모퉁이에 세워 둔 동유럽의 수로 아닌가 싶었다 몽골 기병들이 옥작옥작 몰려들 때 죄어드는 공포로 제 몸에 입 벌린 표정을 새겼다던가 동그랗게 오므린 순음은 끝내 내향성이다 사전을 찾아보니 몰강은 따로 없고 몰강의 그림자만 드리워져 있다 몰강스럽다(형) 모지락스럽고 악착스럽다 모지락은 그 강에 사는 조개의 일종, 슬픔을 오래 섭식하면 패류 독소를 품어 위험하다고 한다 끓는 물에서도 사라지지 않는다고 한다 수면에 얼비치는 문장에는 이렇게 적혀 있다 모지락스럽다(형) 몰강스럽고 악착스럽다 그러니까 몰강의 조개는 그 강의 화신이기도 한 것, 어디에나 후렴처럼 악착이 붙어 있다 악착에 들러붙은 저 촘촘한 이빨들을 보라 입 벌린 조개 같은 것, 한 벌의 틀니처럼 꽉 물고는 떨어지지 않는 것이 거기에 있다 이별하는 자리에서 울면서 상대의 몸을 깨문 애인이 있었다 이러면 날 기억할 거예요 떠나온 그는 때로 제 몸에 쌓인 그 조그만 패총을 바라본다

구운몽 1

제목을 이렇게 정했다고 해서

아홉 개나 되는 꿈을 늘어놓지는 않을 거다

꿈에서 깨어났는데 여전히 꿈이더라

이런 하나 마나 한 얘기도 아니다

여기가 지옥이라고 사실주의자들은 가르치니까

펄펄 끓는 탕 속에서 어, 시원하다

말할 수 있는 나이가 되었는데

끌고 들어갈 아들이 없다

이스터섬의 모아이 석상은 해변을 빙 둘러 있는데

모두가 섬의 안쪽을 바라보며 서 있다

저기 숲이 있었지, 텅 비었어

우리를 만든 조물주들이 어떻게 죽어 갔는지

똑똑히 보았어

인간이 멸종한 이유는 돌연변이로 인해

고양이에게 엄지가 생겨서다

참치 캔을 따기 위해 더는

인간의 손을 빌리지 않아도 되었기 때문.°

수고했어, 이제 가봐

수목장이 유행인 이유는 그것이 나무에서 살던

인류의 오랜 기억이어서다

도장을 가져가지 않아서

방금 계약서에 지장을 찍고 왔다

이제부터 나는 정식으로

하우스 푸어다

마요네즈 귀신 놀이를 하던 딸아이가 갑자기

아빠랑 안 놀아! 그런다

토마토케첩 귀신한테, 그만 무서운 비밀을 폭로한다

내가 딸아이와 놀아 준 게 아니었어!

방에 혼자 남은 아빠는 덩그러니,

자가 속에서, 고독과 독거를 혼동하며

텅 빈 서류가 되어 간다

7세기, 투르판 사람들은 염을 한 후에

망자에게 종이옷을 입혔다 공문서, 편지, 계약서,

연습장, 약국의 처방전……을 가리지 않았다

모르는 새에 친구들이 등에 붙인

지금 ↓ 얘는 바보, 낙서 같은 것이었겠다

나중에 아주 나중에도

지금 이 시가 덕지덕지 나를 따라올 텐데

아무리 꿈의 세계로 도망쳐도

눈을 뜨면 비참하게 될 뿐이야°°

역시 도라에몽이 최고다

끝내는 자리니까 하는 말이지만

결국 아홉 개 꿈 이야기를 다 늘어놓고 말았다

° ≪러브, 데스 + 로봇≫ 시즌 1의 2화에서.
°° 도라에몽의 대사.

구운몽 2

30년 전에 돌아가신 아버지가 생시처럼 화를 내고 있었다 저 양반 하나도 안 변했네, 여전히 무섭네 나는 생시처럼 끙끙대다가 안 되겠다, 얼른 깨어나서

눈을 뜨니 01:20이었다

디지털시계는 드문드문 불 켜진 심야의 아파트 같다 저 아래서 웬 도인이 이곳을 올려다보며, 불면의 그대여 그대의 장좌불와(長座不臥)는 지금 깔고 앉은 금리 때문이니 어서 그 집에서 나오라 급급매로 나오라 천장이 무너지는 소리에 놀라

눈을 뜨니 02:10이었다

생선 트럭은 확성기로 같은 말을 무한 리필했다 싱싱한 오징어 꽁치 갈치가 왔어요 눈을 떴다 감았다 하는 고등어가…… 나를 쳐다본다 나라고 싱싱하고 싶지 않았겠나 나라고 이렇게 살 줄 알았겠나 눈을 감았다가

다시 눈을 뜨니 02:35이었다

그제는 처갓집에서 양념통닭 먹으며 놀았다 참이슬을 냉동실에 넣어 두고 슬러시로 만들어 먹었다 언 소주를 젓가락으로 톡톡 깨 먹는 맛이 일품이었다 투명한 똥처럼 잔 속으로 줄줄이 쏟아지는 소주, 병이 토한 것을 내가 먹는 맛

눈을 뜨니 소주가 나를 먹고 있었다

고1 때 짝사랑하던 아이가 내게 사랑을 고백했다 나는 울기 시작했다, 이것이 꿈인 걸 알았기에

눈을 뜨니 03:07이었다
내 생일이다, 내 생일이야! 좋은 날이다 그러니 제발 잠이 왔으면

무인도에서 혼자 살기 유튜브가 인기다 청년 하나가 개 여섯 마리와 무인도에서 산다 밥 먹을 시간이구나, 이제 산책 가야지, 상추가 잘 자랐네, 통발에 문어가 들어와 있어야

할 텐데…… 하루 종일 이러면서 배민 라이더보다 바쁘다 조회 수가 600만을 넘었다 1,200만 개의 눈이 혼자 사는 그를 보고 있다 안 되겠다 눈 두 개라도 얼른 끄자 화면이 무인도의 밤처럼 캄캄해졌는데

눈을 뜨니 여전히 무인도였다

군대 가는 꿈이 악몽인 것은 다시 이등병이 되어야 해서가 아니라, 그 꿈을 깬 곳이 내무반일까 봐서다 내가 지금 그 부대 사단장보다 형인데

지금은 꿈의 나라에서 영장이라도 나왔으면

이 잠에도 노란 오리가 떠다녔으면 좋겠다 물마개를 뽑아 놓으면 거품 속에서 뱅글뱅글 돌기도 하고 내가 손짓하면 너울거리며 썸을 타기도 하는

그 오리가 지금 잠수교에 걸려 있다

마침내 눈을 뜨니 04:00였다 반대편 세상에서

손흥민이 경기장에 들어서고 있다

세계문학전집(1차분)

1. 천일야화

천 하루 동안 그대에게 전할 말이 있었는데 어쩌나,

전세 재계약에 실패했네

2. 변신

출근해야 하는데 그만 벌레가 되어 버렸다

덕분에 푹 잤다

3. 왕자와 거지

생각해 보세요,

잠시 몸을 바꾼 거지가 왕 노릇 배우느라 고생하는 동안

서울역 벤치에 그득그득 앉아 있는

저 미래의 왕들을

4. 마지막 잎새

홈쇼핑 상품도 아니면서

내년에 또 대량으로 입고될 거면서

서두르라고, 5분 남았다고

꼭 저렇게 티를 낸다

5. 소리와 분노

쉿, 1401호 할아버지 올라올 시간이다

6. 노인과 바다

아무리 운동을 좋아해도 평생 쉬지 않고

운동할 순 없잖아요, 그런데 참치는 한다!

가평 요양병원 휴게실에 나타난 차승원이 말한다

평생 바다에 두 번 다시

갈 수 없는 이들을 위해

바다에서 온 건강!

동원참치!

7. 변신 이야기

어땠을까? 집안일 시작한 첫날, 우렁각시가 부엌 선반 위에서

유동골뱅이 캔을 보았다면

약속 날짜를 하루 앞둔 구미호에게 실은

윤달이 끼어 있었다면

그리고 개구리가 올챙이 시절을 기억하며

뒷다리가 쏙,

앞다리가 쏙,

노래 부른다면

8. 나는 고양이로소이다

입술에 침이 마르는 동안 서둘러 고백하는

사랑한다고 얼굴을 부비는

인간들아, 너희도 내시가 되는 걸

중성화라 부르지는 않으면서 왜 내게만

9. 누구를 위하여 종은 울리나?

대답해 보아라, 선생님은 우리를 기다리실 뿐이다

10. 죄와 벌

시의 제목을 잘못 정했다

써도 써도 끝낼 수가 없다⋯⋯

세계문학전집(2차분)

1. 바람과 함께 사라지다

유행이란 그런 것이다

나한테 어떻게 이럴 수 있니, 어떻게 이럴 수……

울부짖는 그이 얼굴에 대고

럴수 럴수 이럴 수가,

놀리고 싶어지는 것이다

2. 죽음의 집의 기록

장례식은 결혼식의 두 배다

종합병원에는 꼭 응급실과 장례식장이 같이 있다

그래야 풀코스라는 듯

미래의 손님들이 디저트를 맛보겠다고

오늘도 우르르 상복을 입고 몰려간다

3. 좁은 문

편도선이 부어 침 삼키기가 어렵다

이 안에 천국이 있다고 한다

4. 바다여, 바다여

아기 상어, 바다 속, 귀여운 아기 상어,

엄마 상어, 바다 속, 어여쁜 엄마 상어,

아빠 상어, 바다 속, 힘이 센 아빠 상어,

할머니 상어, 바다 속, 자상한 할머니 상어,

할아버지 상어, 바다 속, 멋있는 할아버지 상어,

모두 바다 속에서 나와 바다 속으로 돌아간다

지느러미가 잘린 채

5. 무기여 잘 있거라

요즘 개천에는

용이 되지 못한 이무기들이 득실댄다

승천한 것들이, 용용 죽겠지, 놀려 대고 있다

물려받은 현질로 만렙 찍은 것들이

6. 참을 수 없는 존재의 가벼움

이곳의 주민들은 모두 프리랜서다

실손 보험, 개인연금 같은 거 모른다

그래도 백수였던 성인(聖人)들보다는 낫다

백수의 왕께서 어슬렁거리는 동안

다들 전(傳)을 짓느라 열심이시다

7. 장미의 이름

불법 유해업소 퇴출 주민과 함께 만들어 갑니다

성북종암경찰서   성북구청   성북구보건소

8. 파리의 우울

파리는 팔도비빔면도 아니면서

비비고 또 비비고

상 위에서, 상 아래서

꿈틀대던 전생을 기억한다는 듯이

9. 이방인

불우하도다, 이 전집의 저자 가운데

주민등록증이 있는 사람은 아무도 없다

10. 오만과 편견

이 제목으로 시를 짓겠다고 생각하다니

이 얘기를 듣고도 아무도 말리지 않다니

장동건

1

비밀 하나 알려 줄까

나는 장동건 고소영 커플과 같은 스튜디오에서 결혼사진을 찍었다

그건 장동건과 같은 자세로 무릎을 꿇고

장동건과 같은 각도로 신부를 올려다보았다는 뜻

물론 만족스러운 높이를 위해

발밑에 쿠션이 필요했다

보라, 나는 장동건보다 더 많은 소품을 썼다

장동건은 장동건만 했지만 나는 나보다 컸다

신부 들러리가 자꾸 웃었습니다

내 마음은 세빛둥둥섬처럼 어리둥절했습니다

2

나중에 창궐을 보고 깜짝 놀랐다

다들 현빈만 보았지만 현빈은 현빈이니까 멋있는 거지

장동건은 좀비가 되어서도 멋있네

이런 때를 위해 꼭 한 번 이 말을 쓰고 싶었다

개멋있네

3

비밀 하나 더 알려 줄까

친구에서 장동건이 칼빵 맞기 전에 유오성에게 날린 유명
한 대사,

니가 가라 하와이

그 말을 듣고 하와이에 다녀왔다

보라, 장동건은 하와이에 못 갔지만 나는 갔다

하와이에서 화장실에 핸드폰을 놓고 나왔다가 잃어버
렸다

1분도 안 지나서 되돌아갔는데 없어졌다

누가 집어 갔다, 똥도 안 누고

그래서 장동건에게 전화를 못 했다

몇 년 후에 하와이가 분화했다는 소식을 들었다

4

거울을 보며 내가 니 시다바리가?
이 말을 몇 번이고 연습했다
내가 니 시다바리가, 내가 니 시다……

그래 이것이 장동건에 관한
내 시다

아무리 흔들어도 장동건은 돌아보지 않고 대신
유오성이 대답했습니다
죽고 싶나?
마음이 용각산처럼 조용해졌습니다

고소영

1

결혼사진 찍던 날 스튜디오에서 사진사는 까만 쿠션을 권
하며 내게 말했다
인사하세요, 얘는 제임스예요
사진을 찍을 때마다
제임스, 얼른 와야지
제임스, 어깨 펴고
제임스, 고개 들고

개그콘서트에서 무릎 갈던 박준형에게
토마스는 보이지 않았지만
제임스는 뚜렷이 보였다 내게도 아내에게도
신부 들러리에게도

보라, 고소영도 제임스는 보지 못했을 것이다
신부 들러리도 매운탕 속 쑥갓처럼
숨죽이며 웃지는 못했을 것이다

2

그 후로 우리가 몰던 까만색 투산의 이름은 제임스가 되
었다

지금은 아내가 몬다

보라, 고소영은 장동건하고만 친하지만

아내는 둘하고 친하다

3

고소영 장동건 커플은 슬하에 일남 일녀를 두었다고 한다

아이들은 선택장애에 시달릴 것이다

엄마 닮았어, 아빠 닮았어?

뭐 아무렴 어때

인생 그렇게 살지 말라고, 엄마 말씀처럼

남의 눈에 눈물 나게 하면 자기 눈엔 피눈물 난다고

한 번 말해 주고 싶다

4

딸아이가 태어난 후 나는 한 가지를 결심했다
엄마가 좋아, 아빠가 좋아?
이런 거 묻지 않기로

그런데 어느 날 딸아이가 묻는다
엄마! 아빠가 좋아, 내가 좋아?

끓어 넘치던 마음이
가스 밸브 차단기처럼 딸깍, 소리를 내며 잠겼습니다
코끝의 점처럼 나는 작아졌습니다

나를 만지지 마라

1

"슬픔이 몸을 얻으면 저렇게 된다"

꽃을 떠올린다면 당신은 바스러지기 쉬운 감정을 가졌다
취산화서(聚散花序)의 꽃대 끝에는 어리둥절한 얼굴이
있다

당신 자신을 떠올린다면 당신의 자아는 뚱뚱한 물 풍선
이다
누가 바늘을 들고 무한한 시간을 건너 다가오고 있다

2
빨랫줄에서 마르고 있는 것은 한 사람의 피부다
당신이 그를 두들기고 주무르고 비튼 것이다

냉장고를 열면 냉기와는 다른
따뜻한 빛이 안에서 웅크리고 있다

3

파리바게트에 모인 빵들은 죄다 삼인칭이다

그들은 서로를 형제나 자매라 부르며 아버지에게
서로의 죄를 일러바쳤도다

물수제비는 물에 잠기기 전에 한참을 망설인다

하지만 김밥은 적어도 이인칭이다
여기요, 참치김밥을 시켰는데 치즈김밥이 나왔어요

4

부활한 그이는 오늘도 지하에서 소리친다
붐비는 사람들 한가운데서,

나를 만지지 마라
당신은 묵비권을 행사할 권리가 있다

° "나를 만지지 마라"(요한복음 20장 17절).

날아가는 새들을 부러워하지 아니함
—김수영 생각

날기 위해 새들은 뼈를 가볍게 만들어야 했고

그래서 다들 골다공증 환자다

나는 나는 걸 포기했으므로 통뼈다

직립한 채로 해발 2미터 이내의 2차원을 돌아다닐 것이다

새들은 날 내려다보면서 아유, 저를 어째,

정수리 부분이 훤해졌네, 하겠지만

나는 너희들이 나느라 포기한 손을 들어 인사한다

안녕, 이건 오른손이야

오히려 어쩌니 너희는, 홈쇼핑에서

1분 남았습니다, 어서 서두르세요! 독촉할 때

급하게 번호를 누르지도 못하고

자장면에 얹혀 나온

채 썬 오이를 골라낼 수도 없으니

너희에게는 하이힐도 키 높이 구두도 없고

비키니도 원피스도 없어서

오리털 파카가 있어도 입지 못하고

프라이드 반 양념 반이 있어도 먹지 못하지

다만 그 앞에서 목이 멜 뿐

날기 위해 새들은 직장과 방광을 짧고 가볍게 유지하느라

날아가면서도 찍, 앉아서도 찍, 물똥을 싸지만

나는 나는 걸 포기했으므로

내 안에 오래 궁굴린 것을 들고

천천히 걸어간다 이쪽은 신사용, 저쪽은 숙녀용

너희가 쥘 수 없는 휴지를 들고

너희처럼 종종걸음으로

미스터피자를 노래함

슈림프처럼 구부정한 어깨를 하고
꽁무니에 조그만 배달 통을 매단 이봐, 미스터
차간거리로 비집고 들어오는
그대 엉덩이가 도우 같네
그대를 이 마을에서 빙빙 돌린 손길은 누구의 것?
한눈파는 사이에
페퍼로니처럼 붉고 둥근 헬멧을 쓰고
내 삶에 끼어들기 한 이봐, 미스터
급제동한 나는 상체를 내밀고
그대가 건네준 포테이토를 먹었네
생전 처음 해본 욕처럼 입에서 줄줄 새어 나오는
모차렐라 고르곤 졸라……라니,
나를 그곳으로 데려다 놓은 손길은 누구의 것?
지금까지 먹은 피자, 죄다
헛먹은 거라고
순례와 방언이 우리의 운명이라고
새로 바뀐 도로명 주소를 따라온 이봐, 미스터
슈퍼 슈프림한 과녁을
꽁무니에 숨기고 온 그대가 오늘은

언뜻 괜찮네 내 눈에 좀 들어오네

눈에 띄네 살짝 조금 관심이 가네°

° 카라의 노래, <미스터>.

양념게장과 간장게장

1

삶이 괴로운 선택의 연속이란 걸
우리는 적(赤)과 흑(黑)에서 배웠다

짬뽕과 자장면
그리고 양념게장과 간장게장

착한 게들은 살이 익어 갈 때 윤곽이 흐려질까 봐
살과 뼈를 바꾸어 입었지만

어떻게 춤추는 사람과 춤을 구별할 수 있을까°
어떻게 양념과 간장을 구별할 수 있을까

2

해변은 피서객들로 만원이었다
쿵쾅거리며 도장을 찍어 대는 230~280mm 발바닥과 성
을 쌓는 손들, 햇볕에 뻘겋게 달아오른 몸통들, 그 사이로 머
리만 내놓은 사람들과 머리만 떠 있는 사람들

모래 속에서 두 눈만 내놓고 구경하는 게들
간장게장처럼 속이 시커멓게 타들어 간다
저 영장류들이 우리 보금자리를 허물고 있어,
게 맛도 모르는 것들이

3

642년 이슬람 장군 우크바 이븐 나피(Uqba ibn Nafi)는
리비아 사막에 있는 페잔(Fezzan)까지 진격했다 20년 후 그
는 다시 남쪽으로 내려가 게르마(Germa)를 포함한 오아시
스 요새 도시들을 점령했다 그는 당도한 도시들마다 물었다
"당신들 너머로 또 누가 살고 있는가?" 사람들이 남쪽으
로 걸어서 보름이 걸리는 거리에 카와르(Kawar) 사람들이
있다고 대답했다 우크바는 거기도 쳐들어가서 같은 질문을
했다 사람들이 없다고 대답하자, 그제야 그는 왔던 길을 되
돌아갔다 그는 세상 끝까지 정복했다고 믿었다 그 너머에도
자신과 구별할 수 없는 사람들과 침팬지와 고릴라가 우글우
글하다……는 걸 그는 까맣게 몰랐다

4

저 단단한 갑옷을 뒤집으면 노란 내장이 담긴
비빔밥 그릇이 된다

어떻게 춤추는 사람과 춤을 구별할 수 있을까
어떻게 밥과 소스와 밥그릇을 구별할 수 있을까

5

엘리베이터를 탈 때마다 거대한 게 속에 든다는 느낌
오르고 내릴 때마다 내가 잘 섞인다는 느낌, 쉐킷 쉐킷
출입문이 열릴 때마다 게가 나를 토해 놓는다는 느낌

게[蟹]는 풀어 줍니다[解],
게의 신께서 나를 해원하신다는 느낌, 내 모든 죄를 사해
주신다는 느낌, 구각(舊殼)을 벗고 거듭나게 하신다는 바로
그런 느낌적인 느낌들,
그동안 먹어 치운 게들에 대해서도
그래 주셨으면

6

게들의 나라에서는 황홀한 황혼에 대해서 이렇게 말하겠지

알맞게 잘 익었구나

° 예이츠의 시 「학생들 사이에서」.

세계사상전집(1차분)

1. 부동(不動)의 동자(動者)
종이학 천 마리를 접었더니 청첩장을 받았다

2. 방법서설
A와 가본 식당을 데이트하면서 B와 또 갔다
맛집 앱이 추천했다

3. 순수이성비판
우리 우주의 96%는 암흑물질과 암흑에너지로 이루어져
있다
우리가 아는 것은 우주의 4%뿐이다

그래도 나는 지난여름에 네가 한 일은 알고 있다

4. 판단력 비판
권역응급센터 지날 때마다 깜짝깜짝 놀란다
내 이름 같아서

5. 존재와 시간

아기 돼지 삼 형제가

돼지고기 삼 형제가 될 때까지

볏짚 구이 장작 구이 벽돌 구이가 될 때까지

6. 과학혁명의 구조

자기 몸에서 낸 기름으로 자기를 태우다니

돼지들은 영구 동력 기관인 게 분명해

7. 종의 기원

바나나를 철창 너머에서 받으려고 원숭이는 태어났고

떠도는 고양이를 위해 참치는 캔 속에 들어갔다

그러니 필연적이지 않은가,

이렇게 공들인 상투어구로 이루어진

금박으로 레이스 두른 청첩장을 받기 위해

그가 천 마리 학을

허공에 날려 보냈다는 것은

세계사상전집(2차분)

1. 실천이성비판

참이슬 바닥에 남은

마지막 한 방울은 직립보행을 위하여 남겨 두는 일

2. 죽음에 이르는 병

죽어라 공부해도 죽지 않아서

오늘도 한 아이가 아파트 옥상에서 뛰어내린다

3. 이 사람을 보라

열두 시가 되자 왕자의 추격전이 시작되었다

그는 내 머리끄덩이를 잡고 벽을 타고 올라왔다

사과를 먹다가 사레가 들려 죽을 뻔했다

왕자를 죽이지 못해서 퐁퐁으로 변해 버렸다

4. 한 줌의 도덕

임대 사업자 등록을 마치고 세무서를 나서는데

은행나무가 한가득 옐로카드를 내보이고 있다

그 초보 운전자는 불법 유턴하다가
제복을 입은 마네킹을 보자 기절했다

강호동이 벌칙이라며 출연자에게
콜라 대신 멸치 액젓을 먹이고 있다

5. 에티카
다도해는 엎드린 채 떠 있는 시체들 같다
제 안을 물끄러미 쳐다보느라
일생이 흘러가 버린 것도 모르는

6. 유토피아
저 푸른 초원 위에 그림 같은 집을 짓고
사랑하는 우리 님과
북벽의 이슬과 잡초와 모기와 돈벌레와 살았어요

7. 정신현상학

어젯밤 일은 대한뉴스 시절의 국산 영화 같아서

통편집되어 있다

성찰

1

『성찰』을 잃어버렸다 나남출판사 간(刊) 두 권짜리 완역본을 버스에 두고 내렸다 노란 펜으로 밑줄을 치며 읽던 책이었다 여백에 달아 둔 주석도 코기토도 신의 존재도 깡그리 사라져 버렸다

2

물리학자들이 먼저 신의 존재를 증명했다

완전한 구형의 신이 완전한 진공 위에 떴다고 해보자……

공학자들이 이 조건을 구현하지 못하자

다음에는 수학자들이 나섰다

μ_1이 이름이라면 $(\alpha \in \mu_1) \to (\alpha = <\mu_2, \pi>)$인데, 여기서 μ_1는 이름이고 π는 조건이다……°

순환논증에 빠졌으므로

이번에는 철학자들이 나섰다

모든 결과에는 원인이 있으므로, 어떤 현상에는 원인이 있고, 그 원인에는 다시 원인이 있으며…… 종국에는 원인을 갖지 않는 원인이 있다……

레밍들이 강물에 뛰어들다가 웃었다

그러자 시인들이 나섰다

보도블록 틈새로 올라오는 새싹이여, 신의 숨결이여……

미세먼지와 초미세먼지가 그 위로 곱게 내려앉았다

3

하와이에서 돌아오니 내 몸이 하루 더 늙어 있었다 19시
간 동안 신은 시차에 적응하느라 이코노미석에서 몸을 뒤척
였다

4

요즘 광화문에서는 하루에 다섯 번이나 수문장 교대식과
파수 의식을 연다 왕도 없고 왕의 눈도 없으나 왕의 눈이 보
는 장면은 있다 궁궐 안에서는 신의 아이들이 참가한 사생
대회가 한창이다

보라고, 새싹은 저렇게 난다고

나중에 저 순서대로 싹을 틔워야 한다고

5

성찰을 잃어버린 후에 나도
데카르트 비판자의 대열에 합류하기로 마음먹었다
드디어 근대가 시작되었다

° 바디우, 『존재와 사건』에서 인용.

액자소설

1

나는 당신에게로 열린 창이다 당신은 네모반듯하고 정물이고 평균율처럼 일정하다 당신은 고개를 돌려 이쪽을 보지만 액자를 보는 과객은 없다 당신의 눈은 나를 지나쳐서, 내 망막과 맹점을 지나서, 내가 모르는 곳에 가닿고

2

순환선은 쳇바퀴의 은유다 당신이 어제 읽은 책을 다시 읽는 동안, 을지로입구역에서 비로소 그 자신이 될 치한이 동대문역사문화공원에서 승차한다

3

한 수전노가 있었다 악마가 나타나 소원을 들어주겠다고 하자, "내 손에 닿는 건 무엇이든 황금이 되게 해주시오"라고 빌었다 그는 엄청난 부자가 되었으나 만지는 것마다 금으로 변했으므로 먹을 수도 마실 수도 편히 잘 수도 없었다 아끼던 외동딸마저 황금으로 변하자, 수전노는 마침내 회개했다° 신이 모든 것을 돌려주었다 딸도 음식도 이부자리도 그리고 가난도⋯⋯

89

어? 잠깐만! 그것만은!

수전노가 다급하게 소리쳤으나 이미 늦었다

악마가 다시 나설 차례였다

4

사람에게 목이 있는 것은 두 눈이 앞쪽을 향해서다 눈이
양쪽에 달린 물고기는 사방을 볼 수 있으므로 목이 필요치
않다 횟집 도마 위에서 우럭이 펄떡이는 것은 자신을 향해
내려오는 칼을 보고 있기 때문이다 그런데도 망나니의 칼이
허공을 가를 때 사형수는 눈을 꼭 감는다

101호 사람들은 늘 블라인드를 쳐놓고 산다

보라고 있는 창인데, 볼까 봐

5

백미러를 회상이라고 할까 봐

공동묘지를 지나온 택시처럼, 힐끗 올려다본 뒷좌석에는
늘 당신이 타고 있었죠 그리움에도 공포에도 할증이 붙고

장발도 백의도 다 그렇고 발이 있는지는 못 봤고

6

내 방을 나와 당신의 방에 들어가면 복도는 사라진다 복도는 그저 긴 문지방이기 때문이다 당신이 내 목소리를 듣는다면 종말은 사소한 에피소드 덕에 조금 더 연기될 테지만 당신의 방을 나와서 내 방 앞에 서면 없어지는 복도처럼 이 소설 역시 소설이 아니다 문틈에 끼워 둔 시다

° 「그리스 민담」에서.

승읍(承泣)°

한 사람이 울면서 빗길을 지나간다 세수할 때와 같이 두 손으로 얼굴을 받쳤지만 그 손은 물을 끼얹는 게 아니라 내다 버리는 용도다 끓는 청국장 뚝배기를 맨손으로 잡은 것처럼 화들짝 놀라서, 하지만 그예 뚝배기를 자기 앞에 가져다 놓는 손길처럼

1) 두더지 잡기를 했는데 아버지가 고개를 내밀었다

2) 뿅망치가 아니라 망치였다

3) 종합병원에는 반드시 장례식장이 있다

4) 저 별은 나의 별, 이라고 생각했던 별이 초신성이었다

5) 강호동과 이경규가 무서운 표정으로 밥을 달라고 찾아온다

6) 동물원 꿈을 꾸었는데 사자와 내가 관람객들을 구경하고 있었다

7) 사랑하는 사람 앞에서 중성미자처럼 조용하였다

8) 고시원에 사는 꿈을 꾸다 깨어나니 고시원이었다

9) 『우리는 왜 친구의 애인에게 끌리는가』라는 책을 친구가 읽고 있다

10) 그 책을 빌려다가 애인이 읽고 있다

11) 화성인이 컨트리 뮤직을 듣고도 멀쩡했다

12) 유다가 물었다 "주여, 접니까?" 주께서 말씀하셨다 "네가 답을

말하였다."

　유다는 자기 일을 하려고 만찬장을 빠져나왔다 나는 시대
를 잘못 타고 태어난 게 분명해, 머리는 좋은데 공부에는 취
미가 없어 밖에는 여전히 비가 내리고 있었다 그리고 인간
은 빗소리를 남김없이 적기 위해 타자기를 발명했다

　우는 동안, 나는 계속 기록할 것이다

˚ 눈 바로 아래 있는 혈의 이름.

주기율표

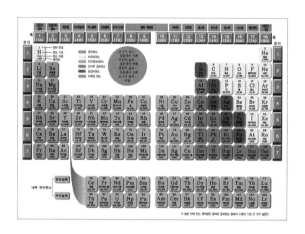

1

H는 O를 사랑했으나 O는 C를 사랑했다 H는 O를 보며 눈물(H₂O)을 흘렸고 C는 O에게 소리쳤다 저리 가, 너는 나를 숨 막히게 해!(CO₂)

그 후 H는 N에게 구애하였으나 N도 콧방귀(NH₃)만 뀌었다

사랑의 밧줄로 꽁꽁…… 묶어 봤자
눈물은 흐르고 탄식은 새어 나간다

2

태초에 세상에는 H만 있었다

혼자여서 일으켜 줄 사람이 없었다 나는 넘어진 나(I)야, 아무도 없어서 나는 나를 사랑했고 나는 나를 깊이 안아 주었고…… 나는 마침내 그(He)가 되었다 그녀는 어디에도 없었다

3

나(Na)는 생각한다,

빛은 나이를 먹지 않고 빛은 세상에서 제일 빠르고 빛은 무게마저 없다 근데 신은 왜 나를 빛과 동급에 놓았을까? 나는 그냥 짠돌이일 뿐인데,

4

금(Au)과 은(Ag)과 구리(Cu)가 한 동에, 아래윗집에 살았다

내가 왜 3등이야? 구리가 발을 굴렀다

내가 왜 2등이야? 은이 발을 굴렀다

시끄러워 못 살겠네, 금이 잠을 설쳐 누렇게 뜬 얼굴로 소

리쳤다

이로부터 세상에 층간 소음이 생겼다

5

K를 부르면 카프카가 나온다
Y를 부르면 이브 생 로랑이 나온다
O를 부르면 이영애가 나온다

다들 너무 작아서 보이지 않는다

6

그날 소돔과 고모라에는 불과 유황(Oh, It's made in Krypton)이 쏟아졌다 크립톤의 중력은 지구의 15배, 거리는 지구에서 50광년 떨어져 있으며 적색왜성으로 추정된다 자신이 지구를 멸망시키는 당사자라는 것도 모르고 수퍼맨(S)은 오늘도 열심히 야경을 돈다

7

엄마, 쉬야 마려워

그건 요소이고 화학식은 H_2NCONH_2야, 네가 소변을 볼 때, 저 좌우대칭의 사슬이 포물선을 그리며 너와 지상을 이어 줄 거야

아니야 엄마, 나와 지상을 잇는 건 요의야

8

백 년 묵은 올빼미 나무귀신이 되어(百年老鴉成木魅)

웃음소리와 푸른 불이 둥지에서 일어나네(笑聲碧火巢中起)。

그건 인(P)이에요, 도깨비불이 올빼미 둥지에 파킹한 거죠

아니야 젊은이, 자네는 남의 집 안방에 차를 세우나?

9

이 성의 지하엔 두 족속이 유폐되어 있다 희토류(稀土類) 족속인 란탄족과 방사능 족속인 악티늄족이다 전자는 눈에 잘 띄지 않으나, 후자는 아주 무섭다 이들은 숨을 쉴 때

도 핵핵거리며, 욕을 할 때도 "이런 우라늄!"이라고 한다

10

이 모든 걸 지으신 이(Md)는 101호에 산다

° 이하, 「신현곡」에서.

3부

눈사람

아빠. 얼른 일어나. 머리가 몸하고 나란히 있으면
그건 그냥 덩어리야. 언제까지 굴러다닐래?
두더지처럼 고개를 들어 봐. 아직도
꿈속 미로에 빠져 있네. 내 손은 실뭉치 대신
아빠를 구해 내는 뿅망치야.
아빠. 내가 던진 돌멩이로 눈을 해 넣고
아직도 반죽에서 돌아오지 않으면 어떡해.
항복하는 자세로 든 손이
대답 없는 나뭇가지인 척하면 어떡해.
북풍으로 바람벽을 한 15층에는
남향인 거실이 있고 거실엔 엄마와 할머니가 있고
혼자서 북풍인 아빠.
여전히 차가운 아빠. 안아 줄게. 그런데
내가 녹여 주면 아빠는 사라질 거잖아.

귀신들

체중도 안 늘었는데 자꾸 허리와 목이 아프다면
디스크를 의심하기 전에
상갓집에 갔던 날짜를 따져 봐야 하지
거기서 업혀 온 망자가 좀 튼실했는지도 몰라
귀신은 뭐하나 몰라, 청와대 앉은
저 놈 안 잡아가고
광화문에서 선글라스 끼고 침을 튀기는 노인은
존경하던 바로 그 귀신의 현신이 된다
영동대교 아래 고수부지에는
지금도 몸이 젖어 재채기를 해대는 가장들이 많다
이럴 줄 알았으면 신발이라도 신을걸
십일조 안 내면 암에 걸린다고
종주먹을 들이대는 큰 목사님들, 시쳇말을 잘한다
대리운전 삼 년에 봉지 커피만 스무 박스예요
얼굴이 까맣게 탄 남자들이
막차 끊긴 위성도시, 처마 아래를 어슬렁거린다
만화방이 멸종하면 만화방 유령들은 어디에서 자나
벤치가 철거되면 동사한 노숙자들은 어디에서 죽나
고독사한 노인은 지금도 TV를 시청하고 있다

그래서 심야방송 시청률이 그토록 높게 나오는 거지

GS25 카운터에서 밤을 새는 젊은이들,

24시간을 넘어서 있는 그 한 시간이야말로 귀신의 시간
이다

최저임금에도 속해 있지 않은 시간이다

염을 하듯 촘촘하게 내리쬐는 전자파 아래로

몸 밖에서 자기 뒤통수를 내려다본다는

임사체험이 스쳐 지나간다

평생 몫의 졸음이 까무룩 지나간다

잠만 잘 분

100-15, 잠만 잘 분,

잠만 잔다는 건 시체 놀이를 하라는 것

층간 소음도 없고

음식 냄새가 창을 타고 넘어갈 리도 없으니

쾌적하다는 것

어차피 둘이 누울 자리는 없으니

친구나 친지도 필요 없고

먹다 남은 양파나 감자가 있으면 화초 대신 심으라는 것

거기에 싹이 나고 잎이 나서, 수맥이 지나가나?

굳기름처럼 굳은 몸을 뒤척일 때

양파나 감자가 식물성의 손을 내밀 거라는 것

그러다 꿈에 다시 군대에 가서

저의 어머니가 확실합니다, 소리치거나

외박증을 끊어 면회 온 애인과 여인숙에 들면, 들다가 깨면

장막 저편의 어머니는 내 어머니가 아니고

팔베개해 준 그녀는 내 그녀가 아니고

그래도 국민연금과 지역 의보 통지서는

언덕을 올라와, 옥탑까지 올라와,

속옷과 양말 사이에서 기어이 그이를 찾아내고

밤에 내려다보면 붉게 빛나는 수많은 십자가들 아래

제각각 누워 있는 잠만 잘 분,

성탄도 부활도 없이

잠만 잔다는 건 꼼짝도 하지 말라는 것

자면서도 그이는 손을 들고 잔다

왕좌의 게임 1
―세븐 킹덤

이것은 가상의 땅 이스테로스(Easteros)에서 벌어지는 일곱 왕국(Seven Kingdom)의 전쟁과 평화, 동맹과 배신의 이야기다 일곱 왕국은 다음과 같다

동쪽 바다를 지배하는 트럼프 가문의 문장(紋章)은 파를 든 거대한 오리이며, 가언(家言)은 '화염과 분노(Fire and Fury)'이다 수도에는 트럼프 타워라 불리는, 자본으로 쌓아 올린 높은 탑이 있어 이 이름으로 수도 이름을 지었다 그의 별명은 미친 왕(The Mad King)이지만 의외로 제정신이란 소문도 있다

서쪽 대륙의 지배자는 시(Xi) 가문이다 표의문자를 쓰는 나라답게 단음절로 말하길 좋아하며, 문장은 쿵푸를 하는 팬더이다 여러 유목민족에게 지배를 받았으나 이를 머릿수로 극복해 마침내 그들 전부를 백성으로 삼았다 장사에 능하여 허리띠만 졸라매면 어디든 판로를 개척할 수 있다 하여 가언이 '허리띠 하나에 길 하나(One belt, one road)'이다

북쪽의 지배자는 '벽 너머의 왕'이라 불린다 쇄국을 오

래 해서 스스로 쌓은 벽 안에 숨은 지 수 세기가 흘렀다 말과 제도가 조금씩 달라져서 이 나라 백성을 아더(Other)라 부른다 최근 왕위에 오른 화이트마운틴 3세는 '멀다고 말하면 안 된다(Don't say it's far away)'는 성명을 내어 대외개방을 천명하였다 가언은 '겨울이 가고 있다(Winter is Going)'이다

남쪽의 지배자는 지루박 1세에서 지루박 2세로 이어지는 동안 여섯 왕을 더 거쳤는데, 그들은 지루박 1세의 부하(그는 '솔직한 학살자'(Bald Slayer)라 불린다), 그 부하의 친구(그의 별명은 '물귀신'이다), 그 친구에게 항복한 경쟁자(그는 숫자로 자기 이름을 불렀다), 그 경쟁자의 경쟁자(그의 영혼은 위로받으시라), 그 경쟁자의 후계자(그의 영혼은 위로받으시라), 근본을 알 수 없는 장사꾼(그는 사기와 협잡으로 왕위에 올랐다)이다 머리는 빌리면 된다고 큰소리쳤던 선왕이 실정을 거듭해 강철은행에서 고리대금을 써야 하는 처지에 몰리자, 두 명의 선군이 잇달아 일어나 나라를 구했다 그러나 뒤를 이은 장사꾼 왕이 국고를 비워 사고를 쳤다 다스 1세(장사꾼 왕의 이름이다)와 지루박 2세의 치세에 나라에 변고와 우환

이 그치지 않았다 마침내 백성이 들고 일어나 폭군들을 자리에서 끌어내렸다 그동안 가문이 바뀜에 따라 문장도 가언도 여러 차례 변했다 지금의 문장은 종이컵에 담긴 촛불이며 왕은 촛불왕(The Candle King)이라 불린다 가언은 '나라를 나라답게(Country as a Country)'이다

협해 건너의 땅은 해가 뜨는 곳이라 하여 선 스피어라 불리지만 실은 드래곤의 서식지이다 지룡, 화룡, 수룡, 폭룡이 출몰하여 지진, 산불, 해일, 방사능 유출이 시도 때도 없이 일어나니 사람 살 곳이 못 된다 지배자 가문은 스스로를 천왕이라 부른다 드래곤들을 길들여 한때는 이스테로스 전체를 정복하기도 했지만 동쪽 바다의 왕에게 패하여 열도로 돌아갔다 문장은 머리 넷 달린 드래곤이며 가언은 '동쪽은 우리 것'(Ours is Easteros)이다

더 먼 북쪽에는 끝없는 동토(凍土)가 펼쳐져 있으며 흰곰과 매머드, 거인들이 어슬렁거린다 한때 가장 큰 나라였으나 너무 큰 덩치를 유지할 수 없어 여러 나라로 쪼개졌다 대국이었을 때의 문장은 낫과 망치, 가언은 '일해라, 절해라, 나머지는 하지 마라(Work, Bow, Don't do the Rest)'였다

더 먼 서쪽은 유목민족의 땅이다 이들의 왕은 칸 혹은 칼이라 불린다 가언도 문장도 없다 이들에게는 부동산도 동산이라, 말과 양과 천막 있는 곳이 이들의 강역이다 서쪽 땅끝에 도달한 이들을 웨스테로스에서는 도트락이라 부른다 키낮은 풀과 모래가 밤낮이 반대인 먼 땅까지 이어져 있다

이것이 일곱 왕국의 대략이다 왕들은 일곱 신들을 섬기지만, 이 신들이 자본이라 불리는 신의 일곱 현신(Avatar)이라고 믿는 이도 있다 책력은 이스테로스에 동란(動亂)이 벌어진 해를 기원으로 삼은 휴전력을 쓰는데, 계절과 시간의 오차가 커서 새로이 종전력으로 바꾸자는 제안도 있다 백성을 섬기는 가문은 흥하고 전쟁광들이 망하는 것은 고금의 이치라, 일곱 왕국의 흥망을 손에 땀을 쥐고 지켜보기로 하자

왕좌의 게임 2

빛의 신 를로르가 강림한 지 77년 후의 세계(世系)라,

온 세상에 역병이 창궐하였다

왕관을 쓴 역신이 트럼프 타워를 무너뜨리고

열도를 휩쓸었다

백성들이 볏짚단처럼 무너졌다

아베 3세는 역신에 맞서 작은 면갑을 하나 준비했을 뿐

이다

입을 가리면 코가 드러나고 코를 가리면 입이 벌어졌다

그는 자신의 왕좌가 영원하리라 믿었으나

야행 중에 한 촌부의 칼에 맞아 허무하게 생을 마쳤다

미친 왕(The Mad King)은 백성들의 소환장에 맞서

백귀(White Walker)들을 일으켜 왕도와 의회를 점령하였

으나

자신의 수명만 앞당겼을 뿐이다

그러나 그는 흑요석 관에 누워 부활을 꿈꾸고 있다 한다

동토의 왕은 흰곰과 매머드들을 앞세워

웨스테로스에서 전쟁을 일으켰다

남쪽에서는 촛불왕에게 충성을 맹세했던

킹스가드 군단장이 반란을 일으켜 스스로 왕위에 오르니

이이가 기용 1세다

그는 일곱 신을 섬기지 않고

하늘신(Heaven Empty god)을 믿었으며 그의 신탁에 따라

수도를 드래곤마운틴으로 옮겼는데

밤마다 주지육림에 빠져 정사를 돌보지 않았다

그가 탐독하는 책은 왕통기(王統記)가 아니라

두툼한 메뉴판이었다고 전한다

왕의 가언은 '좋다, 빠르다, 가다'(Be Good, Fast, Going)
이다

선선대 왕의 치세에 어린 학사들의 배가 수장되더니

만성절 전날 꽃의 제단이 무너져

꽃 같은 젊은이들이 산화하였다

아, 금준미주는 강철은행의 고리대금이요

옥반가효는 노예만의 수입품이니

이 나라는 빠르게, 어디로 가는가?

끝내 북쪽 왕의 가언도

'겨울이 오고 있다'(Winter is Coming)로 바뀌었으니

봄 벚꽃은 언제 휘날릴 것인가?

언제 휘바이들 것인가?

검설(劍說)

세상이 도(道)와 도(刀)를, 검(儉)과 검(劍)을 구분하지 않은 지 오래되었다 지금에 와서는 할복할 때 목을 치는 것이 인(仁)이요, 등을 찌르지 않는 것이 의(義)요, 급소만 노리는 것이 예(禮)요, 차도살인(借刀殺人)이 지(智)니, 오호라, 이로써 제 몸에 쇠붙이를 들지 않으면 패(覇)나 권(權)을 논할 수 없게 되었다 이는 제 살을 쇠에 붙이는 것이니 자신을 고깃덩이로 저울에 내주는 일이 아닌가? 경계하는 뜻으로 세상에 알려진 검을 논한다

설검(舌劍)은 도자(刀子)의 일종이다 세 치밖에 되지 않아 자객들이 입 안에 넣어 다닌다 근거리에서 찌르는 데 쓰거나 원거리에서 표창처럼 날릴 수 있다 칼끝에 독을 발라 쓰기 때문에 스치기만 해도 피부가 녹고 살이 썩는다

사시미(死屍美)는 무리 지어 싸울 때 쓴다 길이는 한 자에 불과하지만 날카롭기가 이루 말할 수 없어서 배에 닿았다 싶으면 어느새 척추에 이르러 있다 이 칼을 막는 유일한 방법은 배 주변을 비계로 두르는 일이다 사시미 든 뚱뚱한 흑의독두(黑衣禿頭) 떼는 일대 장관이다

무인도(無人刀)는 전장이 6척이나 되는 양손검의 일종

이다 한 번 휘두르면 사방의 적이 사라진다 문제는 같은 편 마저 쓰러진다는 것, 무인도를 쓰는 검사를 독고다이라 하는데 고독사와 어원이 같다 혹은 안하무인의 준말이라고도 한다

　구밀복검(口蜜腹劍)은 클레이모어(Claymore)를 음차한 말이지만 실은 다른 검이다 어피(魚皮)로 손잡이를 두른 어복검(魚腹劍)이다 오래전, 한 자객이 왕에게 진상한다고 하여 꿀을 바른 커다란 잉어의 뱃속에 이 칼을 숨겨서 잔칫상에 들여왔다 입에 단것이 소화하기에는 어려운 법이다

　플람베르그(Flamberge)는 날이 물결무늬여서 스치기만 해도 살을 찢어 낸다 이 칼이 전하여 파라기(波羅氣)가 되었다 이 칼을 들고 다니는 검사들의 무리를 바르게살기국민운동본부라고 부른다 도신(刀身)이 뿜어내는 살기로 능히 바위에 글자를 새길 수 있다 마을 입구마다 굴러다니는 자상 입은 돌을 본다면, 이 칼의 해악을 짐작할 수 있을 것이다

　신사도(紳士刀)는 기병들이 쓰는 칼로 언월도(偃月刀)처럼 둥글게 휘어 있다 위력이 대단하여 한 번 휘두르기만 해도 참호를 파고 버티는 보병들을 셋씩 다섯씩 바깥으로 날려 버린다 양이들이 쓰는 이 검법을 젠트리피케이션

⟨Gentrification⟩이라 부른다

화검(花劍)은 불꽃 검이다 가드로는 종이컵을 쓰고 손잡이는 밀랍으로 만든다 이 검은 칼끝도 없이 나아가고 칼날도 없이 자르고 칼등도 없이 의지하고 칼자루도 없이 견고하고 자루 끝도 없이 선다° 한 번 휘두르면 삿됨이 떨쳐지고 두 번 휘두르면 올바름이 내려앉는다 화만천하(花滿天下)가 올 때까지 그 불은 꺼지지 않는다

° 검설: 『장자』의 「설검」을 패러디한 식영암(息影庵)의 글 제목. 화검의 설명은 이 글에서 인용하였음.

4차 산업혁명 위원회

예수가 미래의 직업을 예견했다는 걸 아십니까?

이르시되 나를 따라오너라

내가 너희로 사람을 낚는 어부가 되게 하리라 (「마태복음」
4장 19절)

[Web 발신] 엄마 나 폰 액정 나가서 매장에 수리 맡기러
왔어 이 번호는 잠시 사용하는 거라 문자만 가능해 나 부탁
하나 해도 될까

그럼 건넌방에서 숙제하고 있는 저 아이는 누구니? 이르
시되

너는 나를 보고서야 믿느냐 보지 않고 믿는 사람은 복되
도다 (「요한복음」 20장 29절)

공자가 열평형 상태에 이른 사회를 목표로 제시했다는 것
은요?

남이 알아주지 않아도 열 내지 않으면 군자가 아니겠는
가? (『논어』 「학이편」)

뒷목 잡고 내리는 앞차의 운전자여 따라 내리는 동승자여

나란한 유붕(有朋)이여, 먼 데에서 와서 먼 데로 가는 여행
자여

길에서 듣고 길에서 말하면 덕을 버리는 짓이다 (『논

어』「양화편」)

장자는 사물인터넷의 원리를 제시했지요

사물은 저것 아닌 것이 없고 이것 아닌 것도 없다(『장자』「제물론」)

우리 집 쿠쿠가 백미 취사가 완료되었습니다 밥을 저어주세요

말할 때 알아봤어야 했는데

말은 존대였지만 은근 명령조였다는 거,

어느 날, 나는 꿈에 나비가 되어 있었다 훨훨 나는 것이 틀림없는 나비였다 이를 물화(物化)라고 부른다(『장자』「제물론」)

꿈에서 깨니 나비넥타이를 맨 김흥국이었다

부처는 사이보그의 탄생을 시연했어요

하얀 코끼리가 허공에서 내려와 마야부인의 옆구리로 들어왔습니다

그 후에 부인은 산통 없이 아기를 낳았어요

아기는 엄마의 오른쪽 옆구리를 열고 나와

사방으로 일곱 걸음을 걸으며 말했죠 하늘 위 하늘 아래

나만 오직 존귀하도다(『석가여래 행적송』)

엄마가 코끼리만큼 아팠어도 눈치 없는 우리 아기,

산통을 깬 건 확실해요

엠페도클레스는 빅데이터를 창안했지요

"지금 이전에 나는 소년이었고 소녀였으며, 덤불이었고 새였으며, 바다에서 튀어 오르는 말 못 하는 물고기였다"(디오게네스 라에르티오스, 『유명한 철학자들의 생애와 사상』)

손에 손잡고 벽을 넘으려고 보니

이 손도 내 손, 저 손도 내 손

이 바글바글한 거울단계를 어떻게 넘지?

회의를 끝내기 전에 퀴즈 하나 내겠습니다

이 시에 몇 명의 화자가 있는지 찾아보세요

(복화술은 따로 세야 합니다)

우리는 다중우주와 유비쿼터스를 지향하거든요

골목식당

 장수거북의 주식은 해파리다

타이어만 한 유령해파리를 한 시간에 스무 마리 넘게 먹
어 치운다

양장피 접시가 양장피 가운데 냉채만 골라 먹는 건데

그러다 비닐과 플라스틱 병을 해파리로 알고 삼키기도
한다

활명수도 훼스탈도 안 듣는 불멸의 음식이다

토할 수도 손을 딸 수도 없다

골목길에는 어디나 식당이 있고

사장님이 있고

손님은 별로 없고

청기를 들며 시작했지만 조만간

백기 올려

백기 내리지 마

게임은 아주 단순해지고

악수를 청했는데 맞잡은 게 거북손이라면 어땠을까

자진해서 고추장 독에 들어가는 돼지나
웃으며 할복하는 소
스스로 털을 뽑는 닭들의 세상에서

거북이는 열심히 기어간다
오는 길에 토끼는 못 봤다

"어디 맛 좀 봅시다"
수저를 든 백종원 뒤에는 늙은 아들과 더 늙은 어머니가
울 것 같은 표정으로 서 있다
밥은 자기들이 차려 왔으면서
돈도 안 받을 거면서

그러다 맛있다는 말에 정말로 울기도 한다

신비아파트 캐릭터 도감

나는 이 마을에 태어나기가 잘못이다
마을은 맨천 구신이 돼서
나는 무서워 오력을 펼 수 없다
— 백석, 「마을은 맨천 구신이 돼서」

이 아파트는 맨천 귀신이 돼서

나는 무서워 오력을 펼 수 없다

베란다에는 모주귀

수조 속에는 벽수귀

화장대에는 취생

거울 속에는 무면귀

나는 겁이 나서 머리를 흔들면

머리카락엔 흑진귀

나가려고 신발을 신으면

신발 속에는 양괭이

얼른 버튼을 누르면

엘리베이터엔 승강귀

문틈에는 혈안귀

음란마귀는 없다

나는 이번에는 아파트 밖으로 나오는데

화단에는 충목귀

지하실에는 묘인귀

나는 이제는 할 수 없이 마을을 떠돌면

노래방에는 살음귀

병원에는 백의귀

백화점에는 각귀

저수지에는 손각시

나는 고만 기겁을 하여 마을 밖으로 나가려 하면

버스 타서는 치돈귀

성묘 가서는 골묘귀

나무인 줄 당목귀

모닥불인 줄 청목형형

옆집 아저씨는 슬랜더맨

아끼던 인형은 벨라

캄캄한 데는 어둑시니

꿈속에는 두억시니

어처구니는 없다

아아 말 마라 오프라인에서는 입질쟁이

온라인에서는 시두스

배부르다 금돼지

배고프다 아귀

이 아파트는 온데간데 귀신이 돼서

나는 이 아파트를 분양받은 게 잘못이다

엄마야 누나야 카프카야

집주인이 2년 만에 엄마더러 나가라고 했다
계약갱신청구권? 그런 거 다 휴지 조각이라고
자기가 들어와 살 거라고
이사 나가는 날, 마스크 쓰고 들어와 휘 둘러보더니
화장대 위에 못 박은 자리 하나를 짚었다
"사람이 말이야, 남의 집 살면서……"
그예 벽지 긁힌 값 20만원을 받아 갔다
엄마야 누나야
난 지금도 날마다 부동산 사이트를 검색해 본다
집주인이 정말로 자기 집에 들어와 사는지 보려고
엄마도 누나도 나도 집은 성북구
내 직장은 성동구
말하자면 우리 일가는 카프카처럼
성(城)에는 끝내 들어가지 못한 셈인데
K는 바둑의 축머리 같은 것일까
아무리 몰아붙여도 나는 여기 있다고
풍선 인간처럼 버둥거리는 이 손을 보라고
팔이 저린 쪽을 보면
간밤에 어느 쪽으로 누워서 잤는지 알게 된다

그런데 그레고르의 부모와 여동생은 그 벌레가

자기 아들이거나 오빠라는 걸 어떻게 알아보았을까

엄마, 부르며 다가오는 거대한 다지류(多肢類)는

집주인 같았을까

엄마야 누나야

새로 이사한 집에서 등우량선(等雨量線)을 그으면

장롱 뒤 벽을 타고 창문으로 넘어간다

도둑 같다

"나는 지금 모든 불안에도 불구하고 내 소설에 매달리고

있다. 마치 동상의 인물이 먼 곳을 내다보면서도 그 동상의

받침대에 의지하고 있는 것처럼."○

시 쓰는 동안에만 목 위가 살아 있는

이 거북목의

실존처럼

지문에는 물과 약간의 염화나트륨과

아미노산, 요소, 암모니아, 피지가 섞여 있다

2년 안에 집주인은 자기 집 도어락에

아미노산과 피지를 묻혀야 할 것이다

그렇지 않으면 내가 도둑같이 임하리라

요는 그때까지 내가 기다릴 수 있을 것인가다

그레고르의 가족이 소풍 갈 날을 기다리듯

엄마야 누나야 그런데 우리,

강변 못 산다

강 조망권 있는 집은 너무 비싸다

° 카프카의 일기, 1912년 5월 9일.

24시 신의주찹쌀순대

한 그릇 농성전을 구경하기 위해 늦은 밤 이곳을 찾았습죠 뚝배기는 끓어 넘치는 사골 국물과 다대기로 시산혈해를 이루었군요 머릿고기에서 염통과 밥통, 대창과 소창까지 수성의 악다구니를 부리는 건 돼지로 돌아가기 위해서는 물론 아닙니다 이곳은 밤으로 나아가는 점이지대입니다 기쁨에서 놀람까지 여덟 가지 감정이 비비대치며 수레를 굴려 해 지는 쪽으로 나아갑니다 그래서 서유기의 팔계는 돼지인 것입지요 그 들머리에 놓인 것이 불살생이라, 이이는 해코지를 당했으므로 남을 해코지할 리가 없거든요 해체된 육신의 귀납법이란 한 그릇 뜨끈한 국물에 모이는 법이죠 출입문 앞에서 우리를 놓치고 낭자하게 흩어진 신발들처럼 이곳까지 우리를 실어 오고서는 문턱에서 널브러진 그것들처럼

코네티컷 이야기

코네티컷(Connecticut),
Connect(연결하라)―I(나는)―cut(자른다)라고
꼬마 조이가 외친다
― 들뢰즈 · 가타리, 『안티 오이디푸스』

코네티컷, 뉴욕과 보스턴 사이에 자리 잡은

미국에서 세 번째로 작은 주

인디언들이 살던 땅에 청교도들이 배를 타고 쳐들어왔지

'긴 강이 있는 땅'이란 뜻의 'Quinnehtukqut'을 듣고 가

는귀먹은 청교도들이 'Connecticut'이라 불렀다지

연결해라―나는―자른다

잇고 자르고 잇고 자르고…… 나(I)는 그 사이에 있는 도

관이거나 리코더예요

아래위층 물 내리는 소리로 존재하는 화장실 귀신이거나

강물과 쥐 떼를 연결하는 피리 부는 사람이죠

뭐, 그냥 텅 비었다는 얘기예요

태양왕 루이 14세의 총애를 받은 작곡가 륄리는 왕의 건

강을 축원하는 곡을 짓고 직접 연주하다 발을 찧었다 당시

의 지휘자는 작고 가벼운 지휘봉 대신 길고 무거운 막대기

로 바닥을 내리치며 박자를 맞추었다 그러다가 그만 자기

발을 찍은 것

쿵, 악! 쿵, 악!

풍악을 울리려다가 릴리는 파상풍에 걸려 죽었다
발을 자르면 살 수 있었는데
그럼 춤을 못 추잖아?
잘라라─나는─잇겠다 이거지

코네티컷, 산맥─들판─산맥으로 이루어진
네모반듯한 땅, 처음에는 농사를 짓다가 그만두고
광산이 여기저기 들어섰다가 우르르 폐광되고
울창한 숲은 싹 밀어 버리고 (어마 뜨거라 다시 심고)

손대는 것마다 말아먹는 종갓집 둘째 같고
머리는 좋은데 수완은 없는 예일대 수재 같고

원주민들을 처음 본 콜럼버스는 일기에 이렇게 적었다
  "그들은 똑똑한 하인이 될 것 같다 우리가 해준 말들을 빨
리 익힌다 우리 주님을 기쁘게 해드리기 위해 여섯을 잡아
가서 국왕께 보여 드리고 말하는 법을 익히게 해야겠다"

그런데 왜 여섯이었을까?

요일마다 하나씩 잡되 주일은 쉰다는 건가?

로빈슨이 금요일에 잡은 프라이데이처럼?

코네티컷, 저들을

우리 땅으로 연결해라—나는—이 땅에서 잘라 내겠다

저들이 주5일근무제를 지켰다면

인디언들의 불행이 6분의 1은 줄었을까

코네티컷, 자가에서 월세로 다시 노숙으로 밀려난

알곤킨족과 모히칸족이 입을 모아 외친다

우리를 자르고—아이들까지 전부—너희를 이어 붙였잖아

그리고 몇 번을 말해

우린 인도 사람 아니라니까

환상동물사전 1
— 치맥

치맥(雉麥)은 날지 못하는 새의 일종이다 털을 죄다 뽑은 닭을 닮았지만 머리가 없다 머리 나쁜 이를 일러 '계두(鷄頭)'라 하는데 실은 치맥을 이르는 말이다 '머리는 두었다 뭐하냐?'는 속담이 여기서 나왔다 염지(鹽池)와 기름 바다를 오가는 철새여서 염분과 지방 함량이 높다 서왕모가 다스리던 시절에 큰 기근이 들어 백성들이 굶주렸으나 소는 트랙터요 돼지는 먹보요 개는 친구라, 어느 하나 먹을 게 없어 천지가 울음으로 가득하였다 서왕모가 곤륜(崑崙)에 올라 멀리 서역을 보니 켄터키 너른 들에 메추라기 떼가 가득한지라, 큰바람을 몰아와 방방곡곡에 풀었더니 알고 보니 치맥이었다……고 전한다 민간에서는 얼굴이 붉고 손을 떨며 헛배가 부르고 건망(健忘)이 있는 이들에게 치맥을 잘게 토막낸 다음 마늘과 계피와 보리를 섞은 물에 데쳐서 먹인다 이처방과 함께 '반반무마니, 반반무마니……' 주문을 외우면증상이 감쪽같이 사라진다고 한다 몸이 붓고 아랫배가 처지는 이들에게는 가슴살만을 발라내어 양상추와 먹이고 열사병에 걸린 이들에게는 인삼과 대추, 황기와 엄나무를 찹쌀에 개어 치맥 삶은 물과 함께 먹인다 최근에는 명퇴(名退)란병에 들어 평균수명이 확 줄어든 이들이 너도나도 치맥으로

난전을 벌여 나라의 큰 근심이 되고 있다고 한다 하여 사전
의 들머리에 이를 놓아 표석을 삼으니 위정자들은 경계할지
어다

환상동물사전 2
― 삼소

돝[豚]이라 부르는 짐승은 동그란 저금통처럼 생겼다 몸의 양끝에 머리가 달렸는데 뚱뚱한 쥐를 닮은 머리가 앞이요 뱀을 닮은 머리가 뒤다 다 자라면 무게가 천 근에 달한다 이 짐승의 배에서만 자라는 붉고 흰 삼이 있는데, 베어 내고 또 베어 내도 새로 자라서 이름을 삼소(蔘蘇)라 한다 그 붉고 흰 무늬가 나이테와 같아 3년이 지나 세 겹을 이루었을 때 캐낸다 하여 삼소(三燒)라 한다는 설도 있다 이 삼은 본래 큰 불이 지나간 숲에서 씨를 채취하여 돝의 배에 접붙인 것이어서 물기가 많으나 그 맛은 타는 것 같다 불은 나무와 흙과는 상생이라, 삼소를 상추, 양파, 마늘에 쌈장을 섞어 장복하면 몸 안의 황사와 미세먼지가 변과 함께 몸 밖으로 나간다 바다 건너 열도에서는 돝에 바람을 넣어 부풀린 다음 잡아먹는 풍습이 있는데 이를 돈가스라고 한다 배꼽으로 가스가 빠져나가기 때문에 뱃살 부위는 재고로 많이 남았다 이를 삼과 접붙인 후에, 푸른 유리통에 담아서 발효시킨 후에 먹는다 지금 민간에서는 인기가 날로 높아져 치맥과 선두를 다툰다고 한다 '닭고 조이고 기름칠하자'는 속담의 마지막 부분이 삼소를 이른다는 말도 있다 삼소가 없는 퇴근길이나 불금일은 감히 상상할 수도 없다

환상동물사전 3
— 우두커니

 우두커니는 미어캣과 비슷하게 생겼지만 하늘을 난다 대여섯 마리씩 짝을 지어 큰 집 지붕 위에 내려앉아서는, 일렬종대로 서서 하늘을 본다 천적을 경계하는 것처럼 보이지만 사실 우두커니에게는 천적이 없다 아무것도 먹지 않아서 어떤 짐승과도 먹이를 다투지 않기 때문이다 우두커니는 그리움을 아는 짐승이다 노을을 배경으로 선 우두커니를 보면 그리움이란 미명(未明)이라는 걸, 조금 더 밝아지거나 조금 더 어두워지는 일이라는 걸 알게 된다 우두커니는 그리움으로 집의 지붕이 주저앉을 때까지 하염없이 기다린다 그 집의 그리움이 다하면 그제야 다른 집 지붕으로 날아간다

서시와 서사시

이것은 우기(雨期),
자장면처럼 잘 비벼진 구름 위에서 기계신은 투덜거린다
쉿, 또 빗나갔네
내가 쓰려고 했던 것은 세계의 내력을 밝힌 한 권의 책
내가 쓴 것은 그 책을 쓰겠다는 예고
첫 문장을 완성하기 전에 물벼락을 덮어썼지

그 나라에서는 사람들을 열두 마리 동물로 분류한다……

이것은 변신담,
쥐가 소에게 하대(下待)하고
돼지와 구황식물이 만나 끓는 기름통에 들어간다
내가 되고 싶었던 것은 '문득'이나 '가령'의 수식을 받는 일
되고 만 것은 옷에 튄 자장 얼룩
두 번째 문장을 쓰기 전에 목이 말랐지

그 나라에서는 음이온 정수기와 게르마늄 목걸이를 귀하
게 여긴다……

이것은 무병장수의 꿈,

요단강이나 삼도천을 물수제비뜨듯 건너고 싶은 이들이

이쪽 강변에 바글바글한데

내가 듣고 싶었던 건 같이 밥 먹자는 권유

들었던 건 귓속에서 서걱이는 귓밥

들어오는 게 있어야 뭐든 나갈 텐데

그 나라에서는 숙변과 숙취를 원수로 여긴다……

고구마돈가스를 자를 때 새어 나오는 노란 고백과

노란 토사물과

다솜어린이집 앞에 주차해 둔 노란 버스에서 쏟아져 나오는

사랑한다, 내……

시작은 있으나 그 끝을 적기에는

나의 나날이 모자란다

웨이터

기다림이 육신이 된 것이 나다

수동을 능동으로 번역한 것이 바로 나다

반가사유상처럼 다리를 꼬고 앉아

당신이 오지 않으면 내가 왕이다, 생각한다

그래도 당신이 오지 않으면 나는 보살이다, 생각한다

아버지여, 성냥으로 만든 집이

무너지고 다시 서고 홀랑 타버릴 동안

조바심이 선짓국처럼 끓는다

당신의 자리에 선지처럼 각 잡고 앉아서

검붉은 마음과 종말론을

양다리와 좁은 비상구를 비교하다가

이미 온 사람에게 어서 오라고 채근하는 것이 나다

편한 자리에 앉으라고, 하지만

거기는 예약되어 있다고 통보하는 것이 바로 나다

아버지여, 그러니까 약속의 땅에는

와이파이가 터지지 않는 궁지와

콘센트가 가 닿지 않는 벽지와

물먹는하마가 기다리는 음지가 있다

그리고 기다림의 아바타인 내가 있다

당신이 오고 나서도 또 오기를 기다리는 것이 나다

계산을 도와 드리는 것이 나다

또 오라고, 장회소설의 결구처럼

그다음을 기다리겠다고 말하는 것이 바로 나다

부정신학과 종이옷

권혁웅
산문

부정신학과 종이옷

1

우리 우주는 유한하지만 우주의 '너머'는 없다. 유한하지만 경계가 없는 것—우리 우주는 그렇게 생겼다. 우주에는 우주만 있을 뿐, '너머'는 상상조차 되지 않는다. 시는 그런 불가능한 '너머'의 이름이다.

2

신의 이름을 묻는 모세에게 신은 이렇게 말한다. "나는 스스로 존재하는 자(I AM WHO I AM)다." 이 동어반복은 신의 곤경을 잘 말해 준다. 신은 다른 것들의 있음을 가능하게 하는 존재지만, 자신의 존재를 다른 것에 기대어 증명할 수는 없다. 그래서 신은 모든 것이자 무(無)이기도 하다. '시란 ~이다'라고 적을 때에도 마찬가지다. 저 빈자리는 모든 것이 놓이는 자리이며, 그래서/그럼에도 불구하고 아무것도 아니다.

3

하이데거는 모든 존재자를 낳는 '존재'에 대해서 평생을 추적했다. 그가 내린 결론은 존재가 '무'라는 것이다. 그는 서양의 언어가 문장의 맨 처음에 놓아두는 그 빈자리를 발견했던 셈이다. 존재는 언어의 발명품이다. 당연한 말이지만, 시도 그렇다.

4

시의 언어란 어떤 것일까? 그 목록을 적어 본 적이 있다.

① 번역이나 번안에서 생겨나는 잉여물들. 원문과는 무관하지만, 원문 없이는 생겨나지 않았을 말들.

② 암호문과 비문. 고어(古語)와 사어와 은어. 비속어와 시대착오적인 아어(雅語). 오타와 오식. 요컨대 화행의 과정에서 소통의 장애물로 작용하는 말들. 나아가 오해와 불통으로 인해 새로운 뜻을 낳는 말들.

③ 말을 배우지 않은 아기들의 웅얼거림과 말을 잃어 가는 노인의 웅얼거림. 아직 형체를 갖추지 않은/이미 형체를 잃어가는 형태소와 음소들.

④ 시간의 마모를 겪으면서 사라진 음소와 사라지고 있는 음소들.

⑤ 반대로 표기되지는 않지만 현존하는 음소들. 반모음과 반자음.

⑥ 분열증의 언어와 신경증의 언어.

⑦ 반향어. 이 말은 자폐증의 특징 가운데 하나로 다른 이의 말을 반복하는 신화 속 에코의 언어다.

⑧ 피진어. 이것은 의사소통이 되지 않는 언어 사용자들끼

리 간단하게 소통하기 위해서 만든 언어다.

⑨ 크리올. 피진어가 세대를 이어 정착한 언어를 이르는 말이다.

⑩ 애스터리스크(°표)를 붙인 말. 언어학에서 옛 언어를 추적할 때, 그러할 것으로 추정하는 말에 이 표를 붙인다. 실제로 있는 것과 없는 것 사이에 있는 말, 시간의 연옥에 거하는 말이다.

⑪ #나 @와 같이 발음되지 않으나 기호로만 존재하는 말.

⑫ 동물의 언어. 구체적인 세계에 처해서야 발화되는 말.

⑬ 망각이나 억압에 의해 변형된 단어들.

⑭ 꿈의 언어와 말실수.

⑮ 해독되지 않은 고대 문자.

⑯ 이 분류에 포함되지 않는 기타의 비언어적 기호들.

5

호주 북부에서 반짝벤자리라는 물고기는 흰사과나무와 같은 이름(bokorn이라 부른다)을 갖고 있다. 원주민들이 두 개의 실체를 혼동한 것일까? 아니다. 이 물고기가 이 나무의 열매를 먹기 때문에, 둘은 짝을 지어 발견된다. bokorn(나무)에 가봐, 그러면 bokorn(물고기)을 찾을 수 있을 거야. 시는 이런 방식으로 작동하는 불가능한 지시작용이다.

6

내가 시에서 발견한 것은, 시가 매번 그 시를 말하는 최초의 목소리를 발명한다는 사실이었다.

7

1940년, 마르셀 라비다라는 청년이 개를 데리고 산책을 하고 있었다. 개가 토끼를 보고 뒤쫓자 토끼는 바위틈 속으로 들어가 버렸다. 라스코 동굴벽화가 발견된 순간이다. 앨리스가 따라간 토끼 구멍은 선사시대로 들어가는 입구였던 셈이다. 역사가 정지된 곳에서 바람이 불어오고, 그 바람이 우리를 유사(有史)로 밀어낸다. 문자의 이쪽과 저쪽은 이처럼 얇고 가느다란 구멍으로 이어져 있다.

8

부정신학(否定神學, via negativa). 신은 인간이 아니다. 신은 시간과 공간에 제한되지 않는다. 만물의 원인으로서의 신은 형태도 형상도 질료도 아니다. 그것은 특정한 장소에 제한되지 않으며 감각으로 지각되지도 않고 이성으로 직관되지도 않는다…… 이것은 내가 발견한 가장 아름다운 신의 존재 증명이다. 시에 관한 정의도 그러할 것이다. 시는 언어가 아니며 사물도 아니다. 시는 의사소통에 종속되지 않으나, 무의미한 진언도 아니다. 시는 기의로 환원되지 않지만, 기표로 고정되지도 않는다. 시는……

9

은유는 3인칭에서 비롯되었다. 둘에서 셋이 나오기 때문이다.

10

7세기 투르판 사람들은 지인이 죽으면 종이옷을 입혀 매장했다. 종이가 비쌌기 때문에 버려진 종이를 재활용했는데, 관리들의 공문서, 개인이 주고받은 편지, 의사의 처방전, 학생들이 쓴 연습장, 계약서 등 다양했다. 중앙아시아의 건조한 기후 덕분에 이 종이들이 삭지 않고 전해질 수 있었다. 죽음은 일상을 옷 입고 일상은 죽음 덕분에 보존된다. 죽음만이 불멸이므로. 망자들의 종이옷이야말로 문학의 꿈일 것이다.

11

아관파천(俄館播遷) 때 고종이 피신했던 샛길에는 왕의 길(King's Road)이라는 이름이 붙어 있다고 한다. 비단길에서 왕의 길까지, 문학은 모든 길을 상징의 길로 바꾼다.

12

천사 지브릴이 무함마드에게 신의 책(신의 말로 적힌 책)을 전할 때 무함마드는 문맹이었다. 읽을 수 없는 이만이 읽을 수 없는 책을 읽을 수 있다. 문학 역시 그런 불가능한 독서에 기반을 두고 있을 것이다.

13

"네가 오랫동안 심연을 들여다볼 때 심연도 너를 들여다본다."(니체,『선악의 저편』) 마치 심연이 사랑하는 이의 이름이기나 한 듯이. 심연 씨, 당신도 나를 보고 있군요. 고마워요.

14

정신분석에서 자유연상은 무의식의 자료들을 출력하는 중요한 방법이다. 자유연상으로만 무의식이 포착된다면 그것의 의미도 자유연상을 통해서만 밝혀질 수밖에 없다. 따라서 자유연상은 무작위적이거나 제멋대로인 절차가 아니라, 무의식이 출현하는 규정된 순서와 법칙을 가진 절차다. 자유연상은 자유롭지 않다. 시 역시 그럴 것이다. 어떤 것도 의식하지 않고 손 가는 대로, 마음 가는 대로 쓸 때가 제일 좋은 시가 나올 때인데, 역설적으로 바로 그때가 시에 내재된 법칙성이 가장 큰 힘을 발휘할 때다.

15

슬라브족(Slav)이란 단어가 노예(Slave)에서 나왔다는 얘기가 있다. 못 먹고 못 입던 슬라브족 사람들이 노예로 호구지책을 삼은 데서 이 민족의 이름이 유래했다는 것이다. 그럴 리가 있겠는가. 'Slavs'는 찬양, 영광을 뜻하는 라틴어 'Sláva'와 관련이 있으며, 북유럽 발트해 연안의 강 이름과도 관련이 있다. 슬라브족의 발상지 가운데 하나로 지목된 곳이다. 6세기에

동로마에서 이들을 'Sklabenoi, Sklauenoi, Sklabinoi' 등으로 표기했는데, 여기에는 당연히 노예란 뜻이 없다. 흉노를 '떠들썩한 노예'(匈奴)라 표기하고, 몽골을 '우매하고 고루한 자들'(蒙古)이라 표기한 것과 같은 상상력이다. 시는 어떤 것 사이에서도 닮은 점을 찾지만, 이데올로기적인 명명법과는 무관하다. 전자는 발견이지만 후자는 규정이며, 전자는 감탄이지만 후자는 경멸이기 때문이다. 시는 어린아이의 이름 짓기를 닮았으나(어린아이의 입에서 한 번에 하나씩 세계가 생겨난다), 저런 규정은 교장 선생의 훈화를 닮았다(실은 지난주에도, 그 지난주에도 했던 말이다).

16

태평어람에는 이런 말이 나온다. "풀 가운데 정기가 뛰어난 것을 영(英)이라 하고, 짐승의 무리 가운데 뛰어난 것을 웅(雄)이라 한다." 영웅 가운데는 초식성도 있고 육식성도 있다는 말이다. 시인은 전자, 곧 먹히는 영웅, 광합성을 하는 영웅에 가깝다.

17

해면 가운데에는 2,000살이 넘는 것도 있다고 한다. 어떤 해면은 품고 있는 조류(藻類)가 광합성을 쉽게 할 수 있도록 몸 전체를 투명하게 만들었는데, 이런 '무지개 몸'은 티베트 불교에서 해탈의 경지로 꼽는 극상품 몸이기도 하다. 그러니

시여, 해탈을 꿈꾸지 말자. 고작 해면이나 되자고 장수(長壽)나 해탈을 추구할 수는 없지 않은가?

18

공황장애가 무서운 것은 아무 원인이 없는데도 불구하고 공포심이 생겨난다는 데 있다. 괜찮아, 널 위협하는 게 없어. 알아, 그런데 그래서 더 무서워. 이런 것을 일러, 없는 게 있다고 하는 것이다. 무(無)만큼 무서운 건 없다. 갖다 버릴 수가 없기 때문이다.

19

전조와 후조의 이야기를 시로 소개했는데, 차마 옮길 수 없는 이야기가 많다. 5호 16국 시대를 다룬 『자치통감』의 기록은 사이코패스가 주연인 하드고어물이다. 주인공들이 권력과 무력까지 갖추었으니 그 폐해가 상상력을 아득히 뛰어넘는다. 지옥은 현실의 빈약한 반영에 불과하다는 것을, 지옥이 현실을 결코 따라잡을 수 없다는 사실을 기록이 보여 준다. 그렇다면 시는? 따라잡을 수 있으나 '차마' 넘어서지 않는 것이다. 그러니 이렇게 적을 수밖에. 뎅강 뎅강 뎅강 뎅강.

20

고등동물 가운데에도 클론으로 자손을 남기는 전략을 쓰는 종들이 있다. 상어, 뱀, 도롱뇽, 곤충…… 찾으면 제법 된다. 유성생식은 번거롭고 자본이 많이 드는 전략이다. 그냥 내가 나를 낳지 뭐. 내 유전자 그대로 클론들만 손님인 순풍산부인과 차리자. 그런데 이런 동물들, 이런 생활 시작한 지 몇백만 년 밖에는 안 된 것들이다. 환경이 급격하게 변하면 대량멸종을 피할 수 없는 것이다. 비단 동물들뿐이겠는가? 내가 지은 시를 제목과 단어 바꿔서 또 쓰는 것도 클론이다.

21

심재의 『송천필담(松泉筆談)』에 나오는 얘기다. 재상들이 모여 대화를 나누다가, 각자 좋아하는 것에 대해 말하기로 했다. 어떤 이는 시 짓고 술 마실 때가 제일이라고 했고, 어떤 이는 고운 목소리와 자태를 뽐내는 여인과 함께 있을 때라고 했고, 어떤 이는 서화를 감상하는 일을, 또 어떤 이는 화초를 가꾸는 일을 말했다. 사냥을 꼽는 이도 있었다. 도곡(陶谷) 이의현(李宜顯)이 말했다. "저도 좋아하는 게 있기는 한데 여러분과 좀 다릅니다. 비 오는 날 손님이 없을 때, 혼자 잘 삭은 풀로 헌책의 종이를 깁고 때우는 것을 좋아합니다." 얘기를 듣고 웃지 않는 이가 없었다고 하는데, 설마 비웃음은 아니었겠지?

22

정조는 신하들과 비밀 편지를 주고받곤 했다. 그중 노론 벽파의 영수였던 심환지에게 보냈던 비밀 편지가 300여 통 남아 있다. 편지에 따르면 계몽군주 정조는 한 성깔 하는 인물이기도 했다. 해서체로 적다가 마음이 급해지면 초서체로 바뀌기도 하는데, 어떤 문서에는 중간에 한글로 "뒤죽박죽"이라 적기도 했다. 니들 하는 짓이 정말 뒤죽박죽이야. 이 말은 도저히 한자로 번역할 수 없었을 것이다. 번역했다면 감정이 전달되지도 않았을 테고. 좋은 시는 한문들 사이에 끼어 있는 이런 글자들이다.

23

1836년 쇼팽은 마리아에게 청혼했다. 병자에게 딸을 줄 수 없다고 마리아의 아버지가 거절했다. 쇼팽은 순순히 물러나서, 마리아에게 받은 편지와 선물을 모아 꾸러미를 만들고 그 위에 '모야 비에다'라고 적었다. Moja bieda. 폴란드어로 '나의 슬픔'이라는 뜻이다. 사랑하는 이는 이렇게 물신이 된다. 시는 이런 물신의 다른 이름이기도 하다. 예컨대 기형도의 「빈 집」.

24

2억 년 전쯤에 화산활동이 활발해지면서 대량의 이산화탄소가 대기 중에 배출되었다. 덕분에 나무들이 엄청난 속도와 크기로 자랐는데, 너무 빨리 자란 탓에 영양가가 형편없었다. 따라서 초식 공룡들은 많이 먹어야 했고 소화관도 길어져야 했다. 몸이 무거워지니 움직이는 데 에너지가 많이 들었다. 움직이지 않으면서 식물들을 먹기 위해 목이 길어졌고, 균형을

잡으려고 꼬리도 길어졌다. 마지막으로 이런 큰 덩치를 잡아 먹기 위해서 육식 공룡도 따라서 커졌다. 왜 빅 사이즈 공룡이 출현했는지를 설명하는 이야기다. 모든 이야기에는 이처럼 인과가 있다. 시에도 썼지만 고양이에게 참치 캔을 따주는 데 필요하기 때문에 인간이 멸종하지 않는 거라는 추론도 있다.

25

북송의 화가 미불이 대승의 소 그림 한 장을 빌렸다. 대승은 소 그림을 잘 그려 화우대사(畵牛大師)라 불리는 화가다. 하룻밤 만에 똑같은 그림을 그려서 그림 주인에게 돌려주었더니, 그림 주인이 화를 내며 사기꾼이라 욕했다. "터럭 하나까지 같은데 어찌 알았소?" "이 소 눈동자를 봐라. 눈에 목동이 비쳐 보이지 않느냐?" 탄식하며 그림을 훑어보던 미불이 기겁을 했다. "아니, 목동 눈에도 소가 있네?" 마주 놓인 거울처럼 서로를 비추는 눈. 시와 세상은 이렇게 서로를 비춘다.

26

클리프행어(clifthanger)는 연재소설이나 연속극 따위에서 각 에피소드 끝에 주인공을 위태로운 상황에 처하게 만들어, 독자나 시청자를 기대하게 만드는 방법을 말한다. 손에 땀을 쥐고, 흥미진진…… 따위는 기대하지 않아도 좋으니 제발 여기서, 이 '룬' 문자의 시대에서 벗어났으면.

27

"아기 신발 팝니다. 신은 적 없음.(For Sale. Baby Shoes. Never worn)" 헤밍웨이가 썼다고 알려진 여섯 단어 소설이다. 앞의 두 단어를 제목으로 올리고, 뒤의 네 단어를 두 단어씩 두 줄에 배열해 보자. 이 문장은 사실은 소설이 아니라 시다.

아도르노는 이렇게 썼다. "이 세계에 맞지 않는 것만이 참일 것이다." 이렇게 덧붙여도 좋을 것이다. 시는 이 세계에 맞지 않는다.

타이피스트 시인선 001

세계문학전집

1판 1쇄	2024년 2월 29일
지은이	권혁웅
펴낸곳	타이피스트
펴낸이	박은정
편집	박은정
디자인	장혜미
출판등록	제2022-000083호
전자우편	typistpress22@gmail.com
ISBN	979-11-981886-9-4